Kerstin Sundh

MIRANDA

Wiedersehen am Meer

Aus dem Schwedischen
von Birgitta Kicherer

SCHNEIDER
BUCH

Die Deutsche Bibliothek - CIP-Einheitsaufnahme

Sundh, Kerstin:
Miranda / Kerstin Sundh, Aus dem Schwed. von Birgitta Kicherer. - München : F. Schneider.

Bd. 5. Wiedersehen am Meer. - 1994
ISBN 3-505-04784-8

Dieses Buch wurde auf chlorfreies,
umweltfreundlich hergestelltes
Papier gedruckt.

First published 1990 by Norstedts Förlag, Stockholm
Originaltitel: Miranda och havet
Übersetzung aus dem Schwedischen: Birgitta Kicherer
Titelillustration: Anna Walfridson
Lektorat: Vera Fiebig
Satz: FIBO Lichtsatz GmbH, München
Druck: Presse-Druck, Augsburg
ISBN: 3-505-04784-8

Ein Brief von Mama

Miranda hastete über den Hof. Das Geschrei aus dem Kinderwagen neben der Treppe kümmerte sie nicht. Die Haustür stand offen, Lovisa würde das Plärren bestimmt auch hören. Heute wollte Miranda einmal nicht Kindermädchen spielen.

Aber Lovisa war flink. Bevor Miranda das Hoftor aufgeschoben hatte, stand ihre Mutter bereits auf der Treppe. „Hast du denn nicht gehört, daß Eva-Lisa weint?“ fragte sie.

Miranda blieb stehen. „Doch, das hab ich gehört.“

„Könntest du sie nicht ein Weilchen im Wagen herumschieben, damit sie wieder einschläft?“ bat Lovisa. „Ich hab keine Zeit, muß unbedingt noch etwas fertigweben.“

Miranda seufzte. „Immer muß ich dieses Gör hüten. Und andauernd schreit sie. Oskar hat fast nie geschrien.“

„Tut mir leid, Miranda. Sobald ich mit dem Weben fertig bin, kümmere ich mich um sie, dann hast du frei.“

„Das hast du schon oft gesagt. Aber dann fängst du wieder eine Arbeit an. Eigentlich hab ich jetzt Sommerferien. Da möchte ich gerne auch mal was anderes tun als Kinderhüten. Ich möchte malen ..., jetzt, wo ich so schöne Malsachen gekriegt habe."

„Aber du hast sie ja gar nicht dabei", erwiderte Lovisa.

Miranda sagte nichts.

Lovisa war vor ihr beim Kinderwagen, nahm das schreiende Baby heraus und drückte es an sich. „Vielleicht zahnt sie", sagte sie. „Das wäre zwar ziemlich früh, aber manche Kinder sind früher dran als andere. Mach dich ruhig auf den Weg. Bestimmt hast du etwas Dringendes vor."

Doch Miranda blieb stehen. Sie hatte ein schlechtes Gewissen. Das vorhin hätte sie nicht sagen dürfen. Es stimmte nicht, daß sie Eva-Lisa ihre Ferien opfern mußte. Ihre Mutter würde ihre Arbeit niemals einem anderen aufbürden.

„Ich nehme die Kleine zu mir ins Haus", sagte Lovisa. „Das Klopfen des Webstuhls macht sie meistens schläfrig. Das Fenster ist offen, so kriegt sie frische Luft."

„Eigentlich ist es eine Frechheit von Mama, dir das Kind aufzuhalsen", schimpfte Miranda. „Sie hätte daheimbleiben und sich um Eva-Lisa kümmern sollen."

„Das darfst du nicht sagen. Du weißt, wie sehr ich kleine Kinder liebe."

Und damit verschwand die Mutter mit Eva-Lisa im

Haus. Miranda ging langsam zum Hoftor hinaus und machte sich auf zu ihrer ersten Verabredung. Aber jetzt war ein Teil der Spannung von ihr gewichen. Sie mußte wieder daran denken, was im Frühjahr passiert war, als sie aus Stockholm von ihren Großeltern zurückgekommen war. Sie war so voller Erlebnisse und Eindrücke gewesen, daß sie gar nicht gemerkt hatte, daß Lovisa anders aussah als sonst. Lovisa hatte neben ihr gestanden und zugeschaut, als sie ihren Koffer auspackte, und hatte irgendwie abwesend gewirkt.

Plötzlich war aus der Webstube ein Piepsen gedrungen.

„Was war das?“ hatte sie gefragt.

„Komm, ich muß dir was zeigen“, hatte Lovisa gesagt.

In der Webstube stand ein kleines Bettchen neben Lovisas Bett. Zwei Händchen fuchtelten durch die Luft.

„Warum ist Eva-Lisa hier? Ist Mama etwas zugestoßen?“

„Setz dich, dann erzähl ich es dir.“

Sie hockten sich auf den langen Webschemel. Lovisa legte den Arm um ihre Schultern.

„Ist Mama tot?“

„Sie ist nicht tot, aber sie ist auf und davon.“

„Zum Eselsberg zurück?“

„Wir wissen nicht, wo sie ist. Vielleicht bei den Kesselflickern. Sie hat dieses geregelte Leben nicht ertragen. Wir müssen versuchen, sie zu verstehen.“

„Das hab ich gewußt. Sie wollte frei sein. Sie hätte Albert nie heiraten dürfen. Was wird jetzt aus Eva-Lisa? Schließlich ist sie nicht Alberts Tochter."

Lovisa hatte gelächelt und sie an sich gedrückt. „Eva-Lisa geht es gut. Das siehst du doch ..."

„Aber hier kann sie nicht bleiben. Sie ist doch nicht dein Kind."

„Es gibt viele Kinder, die nicht bei ihren leiblichen Eltern aufwachsen. Gerade jetzt halte ich ein solches Kind im Arm."

„Was meint Albert dazu? Ist er traurig?"

„Natürlich ist er traurig. Das Kind will er nicht hergeben. Er liebt es wie sein eigenes, das weißt du. Allerdings schafft er es nicht allein. Wir haben ausgemacht, daß Eva-Lisa hier bei mir bleibt. Er gibt mir Geld, damit ich nicht so viel weben muß und mehr Zeit für die Kleine habe. Was hältst du davon?"

„Ich finde es wunderbar. So ist sie fast wie meine richtige kleine Schwester."

„Wahrscheinlich hat Elvira damit gerechnet. Sie hat Albert und mir einen Brief geschrieben. Du brauchst bloß den Schluß zu lesen, er handelt von dir und dem Kind."

Miranda las:

Um Eva-Lisa mache ich mir keine Sorgen. Ich weiß, daß sie bei Euch gut aufgehoben ist. Ihr beide seid wie dafür geschaffen, Kinder großzuziehen. Und Du, Lovisa, Du stehst in meiner Schuld. Ich habe jahrelang für Dein

Kind gesorgt, jetzt mußt Du für meines sorgen. Dann sind wir quitt. Nur daß Du keine fünfzehntausend Kronen kriegst wie ich damals. Denn ich habe kein Geld, wenn Ihr nicht mein Häuschen verkauft. Aber es wäre mir lieber, ich könnte es behalten, für den Fall, daß ich zurückkomme. Das tu ich vielleicht irgendwann, wenn ich das freie Leben, von dem ich immer geträumt hab, satt habe. Miranda und Otto sollen sich keine Sorgen machen. Grüßt sie von mir und sagt ihnen, daß es ihrer Mutter gutgeht, daß ich sie umarme und an sie denke.

Liebe Grüße von Eurer Elvira Jönsson

Miranda mußte weinen. Arme Mama. In einer feinen Stadtwohnung eingesperrt zu sein, das war nichts für sie. Das war nicht „das freie Leben“. Aber wie konnte sie nur ihr Baby im Stich lassen?

Allerdings hätte es Eva-Lisa nirgends besser haben können als bei Lovisa. Mama hatte recht. Lovisa war wie dafür geschaffen, für kleine Kinder zu sorgen.

Die erste Verabredung

Miranda beeilte sich nicht, obwohl sie wußte, daß sie zu spät zu ihrer Verabredung kommen würde. Sie schlurfte die staubige Landstraße entlang, bis ihre weißen Stoffschuhe grau wurden. Es war ein herrlicher Sommertag. Eigentlich hätte sie besser daran getan, zum Schwimmen zu gehen, am Flußufer in der Sonne zu liegen und den Vögeln zuzuhören. Sie hätte Petterssons Bootssteg am anderen Ufer zeichnen können oder irgendwelche Wiesenblumen, keine Dekorationsblumen für Schränke und Truhen. Eine Verabredung mit einem Jungen war vergeudete Zeit. Lovisa durfte nichts davon erfahren.

Wenn sie an den Jungen dachte, mit dem sie verabredet war, bekam sie allerdings leichtes Herzklopfen. Mit Harry war das anders, der war schließlich ihr Vetter. Mit dem brauchte sie sich nicht zu verabreden. Harry kam auch so, tauchte in Oberkirschberg auf, wenn sie gar nicht damit rechnete, machte spöttische Bemerkungen und sagte im selben Atemzug, daß sie ihn heiraten und Bäuerin von Oberkirschberg werden müsse. Komisch, daß Harry sich für sie interessierte – obwohl er viel älter war als sie. Die Jungen in ihrer Klasse hingegen würdigten sie keines Blickes. Höchstens daß sie mal über sie lachten oder sie an den Haaren zogen. Wenn sie Harry nicht heiratete, würde sie nie einen Mann finden.

Und dann kam da plötzlich ein großer Junge, der sogar älter war als Harry, und wollte sie treffen. Inzwischen bereute sie es heftig, daß sie zugestimmt hatte. Worüber sollte sie mit diesem hochnäsigen Stockholmer überhaupt reden? Sie hatte mit Gulls Vetter vor langer Zeit auf diesem Ball getanzt, und er hatte gesagt, sie tanze wie eine Kommode.

Sigvard war der erste Junge, der sie je angerufen hatte. Lovisa hatte ein erstauntes Gesicht gemacht, als sie ihr den Hörer reichte. Aber sie hatte hinterher nichts gefragt. Vielleicht erwartete sie, daß Miranda es ihr von sich aus erzählte.

Jetzt war sie beim Treffpunkt angelangt. Schon von weitem konnte sie ihn sehen. Er saß auf einem Stein am Wegrand und wandte ihr sein Profil zu. Ein schönes Profil mit gerader Nase, eckigem Kinn und hoher Stirn. Miranda verspürte Lust kehrtzumachen, bevor er sie entdeckte. Bestimmt würde er sie aufziehen und vielleicht noch schimmere Dinge sagen als das mit der Kommode. Doch dann drehte er sich plötzlich um und lachte, als er sie sah.

„Aha, du kommst also doch", sagte er. „Ich hatte schon die Hoffnung aufgegeben. Kommst du immer so spät?"

„Nein, ich wurde aufgehalten."

Er stand auf. „In welche Richtung gehen wir?"

„Ich weiß nicht. Vielleicht zum Fluß runter. Allzulang kann ich nicht wegbleiben. Ich muß meine kleine Schwester hüten."

„Ausgerechnet jetzt, wo du mit mir spazierengehen sollst!"

„Meine Mutter paßt jetzt auf sie auf, aber sie hat sehr wenig Zeit. Und übrigens ist es gar nicht meine Schwester."

Der Weg, der durch das Wäldchen zum Fluß führte,

wurde eng wie ein Pfad, so daß sie nicht nebeneinander gehen konnten. Miranda ging voraus, und Gulls Vetter kam dicht hinterher, so nah, daß sie seinen Atem im Nacken spüren konnte.

„Hoffentlich ist der Weg am Fluß breiter", sagte er. „Ich will neben dir gehen."

„Wenn wir erst das Wäldchen hinter uns haben, könnten wir sogar zu dritt nebeneinander gehen", meinte Miranda.

„Mit dir möchte ich nur zu zweit sein", erklärte Sigvard.

Dann wurden die Bäume lichter, und der Fluß lag vor ihnen. Ein Boot glitt sachte mit der Strömung dahin.

Miranda mußte lachen. „Auf diesem Fluß habe ich schon gerudert", sagte sie. „Und das, obwohl ich gar nicht rudern konnte. Ich saß verkehrt herum im Boot, und das Boot machte, was es wollte."

„Du bist schon eine komische Nudel", sagte Sigvard, als er neben ihr herging. Er versuchte, ihr den Arm um die Schultern zu legen, doch sie schubste ihn gleich wieder weg.

„Die Leute am anderen Ufer können uns sehen", sagte sie.

„Und wenn niemand uns sieht, hättest du dann nichts dagegen?" fragte er.

Darauf antwortete sie nicht.

„Kümmert es dich, was die Leute sagen?"

„Ich glaube schon. Ich will nicht, daß die Leute über mich reden. Ich will nicht auffallen."

„Das tust du trotzdem. Selbst wenn du mucksmäuschenstill dasitzt. Auf Gulls Fest damals bist du mir sofort aufgefallen. Weißt du noch?"

„Das vergeß ich nie. Du hast gesagt, ich tanze wie eine Kommode."

„Hoffentlich kannst du mir das verzeihen... Aber danach hast du um so besser getanzt."

„Weil du es mir beigebracht hast. Inzwischen hab ich alles wieder verlernt. Hab keine Möglichkeit zu üben."

„Schade. Wir könnten ja hier am Ufer ein Tänzchen versuchen?"

„Bist du verrückt?" Miranda mußte an ihren Vater und Lovisa denken. Die hatten im Wald getanzt. Und Miranda hatte es wunderschön gefunden, als Lovisa ihr davon erzählt hatte. Aber sie selbst wollte das nicht, das würde nur lächerlich aussehen.

„Hast du Angst, daß uns jemand sehen könnte?" fragte er.

Sie nickte.

„Was soll man mit so einem kleinen Feigling bloß machen?"

„Du brauchst überhaupt nichts zu machen. Du hättest mich nie anrufen sollen. Ich bin schrecklich langweilig. Alle sagen mir nur unerfreuliche Sachen. Manche behaupten, ich sehe aus wie ein Troll oder eine Waldhexe – du weißt, die mit dem Loch im Rücken. Es gibt sogar welche, die sagen, so was Häßliches wie mich hätten sie noch nie gesehen. Ich mach mir nichts draus – wenigstens nicht viel. Man gewöhnt sich dran."

Er blieb stehen. „Jetzt muß ich dich in den Arm nehmen", sagte er. „Auch ohne mit dir zu tanzen, ganz einfach, weil ich dich trösten will. Du bist der hübscheste Troll, den ich je gesehen habe. Willst du dich nicht ein bißchen trösten lassen?"

„Ein kleines bißchen vielleicht ..."

Er nahm sie in die Arme, und sie drückte die Nase an seine Schulter. Dann lachte sie.

„Jetzt bin ich getröstet. Jetzt muß ich schnell nach Hause. Du kannst am Fluß entlang in die Stadt zurückgehen. Ich renne durch den Wald."

Und damit lief sie davon. Er rief hinter ihr her: „Ich muß dich noch mehr trösten. Komm morgen um sieben an denselben Treffpunkt!"

„Ich komme!" rief Miranda.

Allerdings brauchte sie gar keinen Trost mehr. So froh wie jetzt war sie bestimmt noch nie gewesen.

Auf dem Eselsberg

Diesmal gelang es ihr davonzuschlüpfen, ohne daß Lovisa etwas merkte. Und pünktlich war sie auch. Sigvard und sie kamen gleichzeitig beim Treffpunkt an.

„Heute brauchst du mich nicht zu trösten", sagte sie. „Ich bin jetzt schon froh ..."

„Schade", meinte Sigvard. „Aber dafür brauche ich jemanden, der mich tröstend in die Arme nimmt, ich reise morgen ab. Und ich werde Sehnsucht nach dir haben."

Sie standen mitten auf dem Weg und sahen einander lachend an. „Besonders traurig siehst du nicht aus", stellte Miranda fest.

„Wenn du bei mir bist, kann ich gar nicht traurig sein. Wo gehen wir diesmal hin?"

„Wir gehen erst in Richtung Stadt, dann zeige ich dir den Weg zum Eselsberg, meinen früheren Schulweg."

„Klingt spannend." Er versuchte, ihr den Arm um die Schultern zu legen, aber sie schüttelte ihn wieder ab.

„Wir könnten Bekannte treffen", sagte sie.

„Schämst du dich mit mir? Soll ich mich im Graben verstecken, wenn uns jemand begegnet?"

„Das brauchst du nicht. Hauptsache, du benimmst dich anständig."

„Reicht es, wenn ich auf der anderen Seite des Weges gehe? Oder soll ich lieber ein paar Schritte hinter dir hergehen?"

Miranda lachte. Es gefiel ihr, wenn er Spaß machte. Eigentlich wollte sie, daß er den Arm um sie legte, aber das konnte sie nicht sagen. Hier bestand kaum Gefahr, daß ihnen jemand begegnete. Inzwischen waren sie auf den schmalen Weg zum Eselsberg

2 4784-12

eingebogen, wo nur ganz selten jemand unterwegs war.

„Erzähl, warum du so fröhlich bist", sagte Sigvard.

„Weil mir eine gute Idee gekommen ist."

„Hat sie was mit mir zu tun?"

„Nein, hat sie nicht."

„Schade... Erzähl mir trotzdem davon."

„Mir ist die Idee für ein Bild gekommen."

„Und das stimmt dich so fröhlich? Muß ja ein ungewöhnliches Bild sein."

„Vielleicht... Ich werde es aber nicht selbst malen."

„Denkst du dir auch für andere Leute Bilder aus? Ich dachte immer, Künstler hätten genug damit zu tun, für sich selbst Ideen zu finden."

„Einen kleinen Teil von dem Bild mache ich, aber das meiste muß Lovisa machen. Ich hab mir ausgedacht, daß wir an einem Kunstwettbewerb teilnehmen. Lovisa ist meine Mutter..., das heißt, meine zweite Mutter, die von Oberkirschberg."

„Du mußt entschuldigen, wenn ich nicht ganz mitkomme. Also, du willst an einem Kunstwettbewerb teilnehmen, aber ohne das Bild ganz zu malen. Und außerdem hast du zwei Mütter. Die eine soll das Bild ausführen, das du dir ausgedacht hast."

„Ich werde zeichnen, und sie muß weben."

„Hoffentlich kann sie das."

„Das kann sie. Sie webt sogar sehr gut."

„Und was hält deine andere Mutter davon, die ja

offensichtlich nicht mitmachen darf?“

„Die ist verschwunden...“

Mirandas Schritte wurden langsamer. Was hatte sie überhaupt am Eselsberg verloren? Und warum hatte sie Sigvard, diesen hochnäsigen Stockholmer, mitgenommen? Bestimmt hatte er noch nie so kleine, elende Häuschen wie die auf dem Eselsberg gesehen. Am liebsten hätte sie kehrtgemacht.

„Deine Mutter ist tatsächlich verschwunden?“ Sigvard sah sie fragend an.

Miranda nickte.

„Habt ihr schon nach ihr gesucht?“

„Albert hat es bestimmt versucht. Albert ist ihr Mann, dem sie davongelaufen ist. Frag mich nicht warum, ich kann es nicht erklären.“

Langsam gingen sie zwischen den geduckten Häusern weiter. Miranda hatte das Gefühl, daß man sie hinter den Vorhängen hervor beobachtete. „Hier links wohnt Frau Blum“, sagte sie. „Der Kater auf der Treppe gehört ihr. Und das ungestrichene Haus da drüben gehört Mama. Dort hab ich gewohnt.“

Sigvard blieb stehen. Er sah das verfallene Tor und den verwilderten Garten, das armselige Häuschen und die vielen Brennesseln. Miranda hatte ganz vergessen, wie verkommen alles aussah.

„Hier hast du gewohnt? Jetzt verstehe ich...“

„Was verstehst du?“

„Warum du so ungewöhnlich bist, daß man dich nie

vergessen kann. Du bist wie ein Mädchen aus einem Märchen."

„Aschenputtel", sagte sie.

„Am liebsten würde ich dich in die Arme nehmen und dich trösten", sagte er.

„Ich brauche keinen Trost, nur weil ich auf dem Eselsberg gewohnt habe."

„Nicht deswegen", sagte er. „Aber weil du ein kleines Mädchen mit einem langen, anstrengenden Schulweg warst. Ich sehe dieses kleine Mädchen geradezu vor mir, wie es morgens in der Dunkelheit durch strömenden Regen oder im Schneesturm losmarschiert. Ich wäre gern bei dir gewesen, um deine Hand zu halten."

„Ja, das wäre schön gewesen. Aber ich hab's trotzdem ganz gut geschafft."

Er blieb vor ihr stehen und sah ihr ernst in die Augen. „Jetzt mag ich dich noch mehr", sagte er. „Wie soll ich damit nur fertigwerden?"

„Weiß ich nicht. Aber ich will lieber schnell wieder weg von hier. Es macht mich traurig, Mamas Häuschen zu sehen. Früher, als ich hier lebte, sah es viel schöner aus. Jetzt wirkt es trostlos und verlassen. Aber trotzdem – da scheint jemand durchs Gras gegangen zu sein! Bis vor zur Treppe."

„Vielleicht eine Katze."

„Dann wäre die Spur viel schmaler. Vielleicht ist Mama zurückgekommen?"

Als sie das Gartentor öffnete, kippte es fast um. Bald

würde die letzte Angel ihren Dienst aufgeben. Die Haustür war abgeschlossen. Miranda tastete unter der Treppe nach dem Schlüssel. „Du darfst nicht mit reinkommen“, sagte sie, als sie ihn gefunden hatte.

Noch nie hatte das Schloß so gequietscht. Die Tür ließ sich nur schwer öffnen. Im Haus roch es modrig. Sie blieb kurz in der Türöffnung stehen. Verlassen und öde sah alles aus, als hätte seit vielen Jahren niemand mehr hier gewohnt. Aber dennoch hatte sie das Gefühl, daß jemand hiergewesen war. Jemand, der die Tür zur Kammer angelehnt und den Flicken vor dem Herd zusammengeschoben hatte.

Rasch ging sie wieder raus, schloß die Tür ab und legte den Schlüssel an seinen Platz. „Wir hätten nie herkommen sollen“, sagte sie. „Das macht mich traurig. Wahrscheinlich brauche ich jetzt doch Trost.“

Sigvard nahm sie an der Hand und zog sie mit sich fort. Als sie außer Sichtweite der Häuschen waren, legte er den Arm um sie.

„Ich bin froh, daß ich dich hierher begleiten durfte“, sagte er. „Ich bin froh, daß ich dein früheres Zuhause gesehen habe. Jetzt kenne ich dich besser. Am allermeisten freue ich mich darüber, daß ich dich trösten darf.“ Er legte beide Arme um sie und versuchte sie zu küssen. Doch sie drehte den Kopf weg, so daß der Kuß auf einem Ohr landete.

„Das war kein richtiger Trost“, sagte er.

„Aber es reicht. Jetzt bin ich getröstet. Wir müssen uns

beeilen. Lovisa weiß nicht, wo ich bin. Vielleicht sucht sie mich bereits."

Sie liefen rasch den langen Weg bergab. An der Weggabelung blieben sie stehen.

„Hier trennen wir uns", sagte Miranda. „Das letzte Stückchen will ich laufen."

„Diesen Spaziergang werde ich nie vergessen", sagte Sigvard. „Ich werde jeden Tag daran denken, bis wir uns wiedersehen. Versprich, daß du mich nicht vergißt."

„Das verspreche ich", sagte sie. „Ich werde auch jeden Tag an diesen Spaziergang denken."

Da küßte er sie noch einmal. Diesmal wandte sie ihr Gesicht nicht mehr ab.

Ein Bild für den Gemeindesaal

Lovisa hatte sich frei genommen. Der Webstuhl stand leer und verlassen da. Aber Lovisa hatte dennoch alle Hände voll zu tun. Sie versorgte Eva-Lisa, sie kochte und backte, und sie strickte. Sie nahm sich Zeit, draußen in der Sonne zu sitzen und ein Jäckchen für Eva-Lisa zu stricken.

„Wann fängst du wieder mit dem Weben an?" fragte Miranda eines Tages.

„Wenn mein Urlaub vorbei ist."

„Hast du denn keine Aufträge mehr?"

„Handtücher und ein Flickenteppich. Aber das kann warten."

„Ich hab eine Idee", sagte Miranda.

„Und nicht zum ersten Mal", bemerkte Lovisa lächelnd.

„Ich hab mir ausgedacht, daß du etwas weben sollst."

„Oho! Einen Teppich vielleicht? Oder eine Tischdecke?"

„Du sollst ein Bild machen."

„Fürs Bildermalen bist du zuständig."

„Das Bild soll ja gar nicht gemalt werden."

„Du meinst, ich kann Bilder weben?"

„Das wird eine Gemeinschaftsarbeit. In der Zeitung stand doch, daß sie für den neuen Gemeindesaal ein großes Bild brauchen. Sie wollen eine Art Wettbewerb veranstalten. Und da machen wir mit. Ich zeichne den Entwurf, und du webst ihn."

„Und das traust du mir zu?"

„Ich weiß, daß du es kannst. Den Entwurf hab ich mir schon ausgedacht. Es muß ein Thema aus der Bibel sein."

„Doch nicht schon wieder einen Engel?"

„Nein, etwas ganz anderes: *Laßt die Kinder zu mir kommen.*"

„Du kennst dich aber gut in der Bibel aus! Albert wird sich bestimmt freuen. Der liest ja immer viel in der Heiligen Schrift. Aber wie stellst du dir das denn vor? Soll ich eine Schar Kinder weben? Und dazu Jesus?"

„Das hab ich mir schon überlegt. Jesus und die Kinder dürfen nur angedeutet werden. Man sieht die nach oben gewandten Gesichter der Kinder wie Blumen. Und das Gesicht von Jesus, das sich über die kleinen Köpfe beugt. Ich sehe alles deutlich vor mir."

„Das kann man nicht weben, Miranda. Versuch es lieber zu malen."

„Bitte, Lovisa, versuch es doch wenigstens! Zu Füßen der Kinder müssen außerdem noch Blumen sein."

„Wie bist du auf diese Idee gekommen?"

„Als wir dieses Thema in der Schule behandelten, sah ich das Bild plötzlich vor mir. Und kurz darauf las ich in der Zeitung von diesem Wettbewerb über ein biblisches Thema. Und dann war es, als würde es in meinem Kopf klick machen ..."

„Da macht es oft klick ..."

„Ja, stimmt. Und jetzt muß es auch in dir klick machen. Warte, ich zeig's dir gleich."

Miranda stürzte davon, um ihre Skizze zu holen. Lovisa nahm ihr Strickzeug wieder auf. Eva-Lisa schlief im Wagen neben ihr. Die Hummeln summten, und Schmetterlinge flatterten um sie herum.

Miranda breitete ihren Entwurf auf dem Gartentisch aus. Lovisa sah ihn lange an. Miranda wartete gespannt.

„Wie findest du es?"

„Es gefällt mir gut", sagte Lovisa. „Ich glaube auch, daß ich das weben kann. Die hellen Kindergesichter und dazu das Gesicht von Jesus, das etwas dunkler ist und über den Kleinen schwebt. Sein weißes Gewand und der graue Stein, auf dem er sitzt. Die kleinen Blumen zu ihren Füßen kann man nur ahnen. Keine Einzelheiten, aber dennoch spürt man, daß es lebendige Gestalten sind. Das hast du schön gemacht."

„Wenn du es webst, wird es noch schöner."

„Wir müssen alles ganz genau aufzeichnen und das Garn dazu färben. Wann soll es fertig sein?"

„Irgendwann im Herbst, im Oktober oder November. Ich hab die Anzeige ausgeschnitten. Glaubst du, daß uns die Zeit reicht?"

„Sie muß reichen", sagte Lovisa. „Ich will das Bild unbedingt machen. Es ist eine richtige Herausforderung für mich."

„Ich bin so froh darüber!" rief Miranda. „Wir schaffen es bestimmt!"

Zwei Künstlerinnen

Miranda spähte in die Waschküche, wo Lovisa mit Garnfärben beschäftigt war.

„Gut, daß du kommst", sagte Lovisa. „Ich brauche deine Hilfe. Was sagst du zu diesem Farbton? Ist es das richtige Blau für den Himmel?"

„Genau richtig. So muß der Himmel werden. Ich

möchte jetzt gern ein wenig radeln. Eva-Lisa schläft. Ich stell den Kinderwagen vor die Tür."

„Kannst du nicht noch eine Weile warten? Wenn sie aufwacht, muß ich mit dem Färben aufhören, und ich möchte heute noch mit dem Blau fertig werden."

„Es ist so schönes Wetter, da wollte ich gern ein bißchen malen."

Lovisa machte ein trauriges Gesicht. Miranda bekam wieder ein schlechtes Gewissen. Es hatte sehr lange geregnet, und sie sehnte sich danach, in den Sonnenschein hinauszufahren und zu malen. Das Schlimme war, daß Lovisa nichts sagte. Wenn man ihr widersprach und ein bißchen sauer war, bekam man gleich ein schlechtes Gewissen.

Lovisa hob einen Garnstrang aus dem Bad. Farbe tropfte auf den Boden.

„Du kannst doch an einem anderen Tag färben, wenn es regnet", schlug Miranda vor. „Wenn man sowieso im Haus sein muß. Aber zum Malen braucht man Sonne ..."

„Fahr nur zu", sagte Lovisa.

Miranda schob langsam das Fahrrad über den Hof. Jetzt machte ihr der Ausflug keinen Spaß mehr. Das Radfahren fiel ihr plötzlich viel schwerer als sonst.

In der Stadt stieß sie auf Otto. Er machte ein finsteres Gesicht.

Miranda sprang vom Rad. „Was ist denn mit dir los? Hast du Prügel gekriegt?"

„Ach was. Wer wird mich schon verprügeln! Es gibt schlimmere Dinge."

„Erzähl."

„Das geht niemanden was an."

„Ist es wegen Edla? Hat sie Schluß gemacht?"

Otto ließ den Kopf hängen. Dann zuckte er die Schultern. „Mädchen ... Auf die ist kein Verlaß!"

„Dann hat sie also Schluß gemacht. Aber es gibt doch noch andere Mädchen."

Jetzt sah Otto so aus, als würde er jeden Moment in Tränen ausbrechen. Es war klar, daß es niemanden für ihn gab außer Edla.

„Hat ihr Vater sich irgendwie dumm aufgeführt?"

„Der hat doch nichts mit uns zu tun. Nein, es ist Edla selbst. Sie kommt nicht raus, wenn ich sie abholen will. Und man hat sie mit einem der Klempnerjungen gesehen."

„Die sind doch nach Amerika gefahren, dachte ich."

„Einer ist dageblieben. Den werd ich mir bei Gelegenheit vorknöpfen."

„Sei lieber vorsichtig. Es ist noch gar nicht lange her, da haben sie sich *dich* vorgeknöpft."

„Damals waren sie zu zweit. Mit einem werd ich fertig."

„Was hast du denn davon? Da wäre es doch besser, wenn du dir Edla vorknöpfst."

„Red keinen Unsinn. Jetzt hab ich keine Zeit mehr. Die Arbeit wartet."

Sie blickte hinter ihm her. Das war nicht mehr Ottos forscher Gang.

Sie fuhr weiter und schlug den Weg zum Goldschmied ein. Vielleicht malte Birgitta heute im Freien. Das tat sie manchmal, und es war einfach herrlich, Birgitta beim Malen zuzuschauen. Aber von Birgitta war nichts zu sehen.

Nach dem vielen Regen prangte der Garten des Goldschmieds im Sonnenschein. Es duftete nach Blumen, und über der Blütenpracht summten die Insekten. Miranda hielt kurz an, um den Anblick zu genießen. Pfingstrosen, Tränende Herzen, Rosen und Jasmin. Bald würde sie anfangen, Blumen zu malen.

Sie wollte gerade weiterfahren, als der Goldschmied auf der Treppe erschien.

„Na so was, unsere kleine Künstlerin! Komm mit, dann kannst du eine Kollegin treffen."

Miranda stellte das Fahrrad ab und folgte dem Goldschmied um das Haus. Auf der Rückseite, wo der Garten zum Fluß hinabführte, traf sie Birgitta an. Genauso mußte eine Künstlerin aussehen. Sie trug einen weiten, grünen Malerkittel, der vollgeschmiert war mit Farbe. Ihre dunklen Haare hatte sie hochgesteckt. Sie war ganz in ihre Malerei vertieft.

Inzwischen reichten eine Staffelei und ein Stück Papier nicht mehr aus. Hier ging es großzügig her. Meterlanges weißes Packpapier war an der Hauswand aufgespannt, damit Birgitta sich mit ihrer Kunst ausbreiten konnte. Jetzt waren keine bösen Königinnen und väterliche Könige mehr zu sehen. Auf Birgittas Bild gab es überhaupt keine Menschen, nur noch Bäume. Und die Bäume hatten weder Blätter noch Nadeln. Es waren lauter Stämme – dicke und dünne, gerade und krumme.

Die Baumstämme wurden von der Sonne beschienen. Jeder Stamm war auf der einen Seite flammend gelb. Die Sonne war jedoch nirgends zu sehen.

Miranda blieb stumm stehen.

„Wie findest du's?" flüsterte der Goldschmied.

„Phantastisch. Woher weiß sie, daß die Sonne nur aus einer Richtung scheint? Woher weiß sie, wie ein Wald aussieht, wo sie doch noch nie in einem gewesen ist? Wer hat ihr das beigebracht?"

„Niemand. Sie weiß es einfach", sagte der Goldschmied leise.

Birgitta drehte sich um. „Ich male", sagte sie.

„Du malst gut", erwiderte Miranda. „Ich wünschte, ich könnte so malen wie du."

„Ich kann's dir beibringen", meinte Birgitta. „Aber jetzt hab ich keine Zeit."

Damit wandte sie sich wieder ihrer Malerei zu. Noch war eine Menge Papier übrig, das sie mit Baumstämmen füllen konnte. Das Gold der Sonne überschwemmte sowohl das Papier als auch das Gras, auf dem sie stand. Birgitta lächelte glücklich, als sie ihr Werk sah.

Der Goldschmied und Miranda entfernten sich leise.

„Du weißt wahrscheinlich gar nicht, wie sehr du uns geholfen hast", sagte der Goldschmied, als Miranda ihr Fahrrad nahm. „Ohne dich würde Birgitta in ihrem Zimmer sitzen, und der Alltag wäre für uns alle trüb und grau. Du hast ihre Freude am Leben geweckt und das Talent, das in ihr schlummerte."

„Ein Glück", sagte Miranda. „Bestimmt gibt es viele Menschen, die begabt sind, ohne es zu wissen. Es kommt nur darauf an, ihr Talent zu wecken. Birgitta ist noch begabter als ich."

„Ihr seid beide Künstlerinnen", sagte der Goldschmied. „Schön, daß ihr euch begegnet seid."

Begegnung im Wald

Miranda hatte das Fahrrad abgestellt und wanderte jetzt mit der Staffelei und ihrer Malertasche durch den Wald. Sie hatte vor, die Aussicht auf die Stadt zu malen. Diesselbe Aussicht, die der Maler im Sommer gemalt hatte. Aber ihr Bild würde anders werden. Jeder Künstler mußte etwas Neues schaffen, hatte der Maler gesagt.

Sie stellte die Staffelei fast am selben Platz auf, wo der Maler damals gestanden hatte. Zuerst skizzierte sie leicht auf die Leinwand. Sie sah das Bild schon fertig vor sich. Hinter dem Laubwerk im Vordergrund durfte man die Stadt dort unten nur ahnen. Nur der Kirchturm und ein paar Hausdächer mußten deutlich hervortreten. Das Kreuz auf dem Kirchturm würde golden funkeln.

Miranda bekam vor Eifer rote, heiße Wangen, und ihr Herz schlug schneller. Sie fühlte, daß sie etwas ganz Eigenes schuf, und war fest davon überzeugt, daß es ihr gelingen würde.

Lange arbeitete sie so, ohne zu bemerken, wie die Zeit verstrich. Da sie keine Uhr hatte, mußte sie sich stets nach der Sonne richten. Und die stand inzwischen tief am Himmel. Arme Lovisa, dachte sie. Den ganzen Tag hatte sie keine Hilfe beim Kinderhüten gehabt. Rasch packte sie ihre Malsachen zusammen. Ein Weilchen mußte sie allerdings noch warten, bis die Farben auf der Leinwand trocken waren. Sie setzte sich ins Moos und betrachtete zufrieden ihr Werk. Auf der Leinwand ließ sich eine kleine Märchenstadt mit niederen Gebäuden erahnen, die vom blauen Band des Flusses durchzogen wurde. Später sollte noch das zarte Laubwerk der Bäume das ganze Bild überdecken.

Sie streckte sich wohlig aus. Es war ganz still im Wald. Außer dem leisen Rauschen der Bäume und dem Zwitschern der Vögel war nichts zu hören. Miranda fielen die Augen zu.

Plötzlich wachte sie auf. Vor ihr stand ein Mann und schaute sie an. Sie sah ein bärtiges Gesicht und zwei muntere, kleine Augen. Erschrocken fuhr sie hoch.

„Du brauchst keine Angst zu haben“, sagte der Mann.

„Bin nur zufällig vorbeigekommen. Hast du das Bild gemalt?"

„Ja, aber es ist noch nicht fertig. Es ist nur eine Skizze."

„Gefällt mir", sagte er. „Regelrechter Kubismus. Die kleinen Häuser und der Fluß ..."

„Ich will das Ganze noch mit Grün überziehen. Jetzt sind die Farben noch viel zu kräftig."

„Finde ich nicht. Kein Schnickschnack – nur kleine Vierecke als Häuser. Ich glaube wirklich, du bist ein Kubist."

„Was ist ein Kubist?"

„Das läßt sich nicht so einfach erklären. Vielleicht jemand, der geometrische Formen malt, wenn du weißt, was ich meine."

„Ich glaube schon. Bisher habe ich nur Bauernmalerei gemacht, wenn Sie wissen, was das ist."

Er lachte. „Das weiß ich. Ich bin auch Maler."

„Komisch ..."

„Was ist komisch?"

„Genau hier habe ich schon einmal einen Maler kennengelernt."

„Hieß er Erland?"

„Ja, so heißt er. Ich nenne ihn nur immer den Maler. Kennen Sie ihn?"

„Er ist einer meiner besten Freunde. Ich wohne vorübergehend in seinem Sommerhaus. Erland hat mir diesen Aussichtspunkt gezeigt. Er ist zur Zeit mit seiner Frau in Frankreich."

„Schade. Ich wollte die beiden eigentlich besuchen und ihnen meine Bilder zeigen... und sie um Rat bitten."

„Vielleicht kann ich dir helfen. Welche Bilder magst du denn besonders gern?"

„Das schönste Bild, das ich je gesehen habe, ist ein Bild mit Tiefe. Man blickt durch viele Zimmer, und es ist, als ob man in das Bild hineingehen und dort von Zimmer zu Zimmer wandern könnte."

„Das könnte ein Bild von Erland sein", sagte der Bärtige. „Erland ist so ein Tiefenmaler."

Miranda nahm ihr Bild von der Staffelei und packte es in ihre Tasche. Dann klemmte sie sich die Staffelei unter den Arm.

„Vielen Dank für den Rat", sagte sie. „Ich werde mir merken, was Sie über den Kubismus gesagt haben."

„Du kannst mich ruhig duzen", sagte der Bärtige. „Ich heiße Runo und bin noch nicht so alt, wie ich aussehe. Das macht der Bart ..."

„Wenn wir uns noch einmal begegnen, werd ich Runo sagen", versprach Miranda und machte sich auf den Rückweg.

„Viel Glück, du kleine kubistische Bauernmalerin!" rief er hinter ihr her.

„Danke, Runo!" rief sie zurück.

Sie summte vor sich hin, während sie nach Hause radelte. Vielleicht war sie nicht unbedingt jemand, der etwas Neues schuf. Aber dafür malte sie kubistisch. Sie

3 4784-12

freute sich, daß die Häuser Runo gefallen hatten. Wenn das Bild fertig war, würde sie es ihm vielleicht zeigen.

Manchmal kommt es anders, als man denkt

„Du scheinst einen glühenden Verehrer zu haben", sagte der Briefträger.

„Wenn das so weitergeht, werde ich mir bald eine größere Tasche zulegen müssen. Verehrer mit Schreibfieber sind eine wahre Plage für einen alten Briefträger."

Miranda nahm die beiden Briefe entgegen, die der Briefträger ihr reichte.

„Außerdem sind zwei Verehrer zuviel", fuhr er fort. „Solltest dich lieber für einen von beiden entscheiden."

„Ich glaube, ich entscheide mich für diesen hier." Miranda hielt einen der beiden Briefe hoch, einen länglichen, hellgrauen Umschlag mit kräftiger, steiler Schrift.

„Der scheint einen starken Willen zu haben", sagte der Briefträger. „Mit dem wirst du's auf die Dauer schwer haben. Das ist einer, der will Herr im Hause sein. Sieh dich vor. Ich verstehe was von Handschriften."

„Das ist mein Großvater. Ich werde Großmutter warnen, obwohl es wahrscheinlich zu spät ist."

Der Briefträger stieg auf sein Rad und fuhr weiter. Miranda überquerte den Hof mit langsamen Schritten. Sie sah die beiden Briefe an. Ohne sie zu öffnen, wußte sie was darin stand. Großvater wollte, daß sie nach Stockholm kam. In jedem Brief schrieb er, wie sehr er und Großmutter sich nach ihr sehnten und wie sie sich auf den Herbst freuten, wenn sie endlich zu ihnen zöge. Sie würde auf eine besonders feine Schule gehen, wo sie auch Französisch lernen konnte.

Natürlich würde sie gern Französisch lernen. Aber in Stockholm wollte sie nicht leben. Ihr Zuhause war Oberkirschberg, hier wollte sie für immer bleiben. Trotzdem hatte sie vor, ihre Großeltern zu besuchen – irgendwann, wenn Lovisa sie nicht mehr als Kindermädchen brauchte.

Und dann der zweite Brief. Auch er war aus Stockholm.

Lovisa kam auf die Treppe heraus. „Ach, die Post ist da. Der Brief ist wohl für mich “

„Das nicht gerade, aber vielleicht lassen die Großeltern dich grüßen.“

„Du hast ja zwei Briefe. Ist der andere vielleicht für mich?“

„Auch nicht.“

„Vielleicht läßt mich jemand aber grüßen?“

„Glaube ich nicht. Er ist von jemandem, den du nicht kennst.“

„Wer kann das wohl sein?“

„Einer, mit dem ich mal getanzt habe."

„Du mußt sehr gut getanzt haben, so fleißig, wie der schreibt!" lachte Lovisa.

„Lach nicht. Du weißt genau, daß er mir das Tanzen erst beibringen mußte."

„Ja, daran erinnere ich mich. Das war doch dieser Sigvard auf dem Ball beim Doktor. Es scheint tatsächlich Jungen zu geben, die etwas für Mädchen übrig haben, die wie Kommoden tanzen."

„Wenn du nicht aufhörst, mich zu ärgern, erzähl ich dir nicht, was in den Briefen steht."

„Ich bin kein bißchen neugierig", erwiderte Lovisa und ging zum Hühnerstall.

„Und ob du das bist!" rief Miranda hinter ihr her. „Du platzt ja fast vor Neugier!"

Miranda ging ins Haus und setzte sich an den Küchentisch. Zuerst öffnete sie Großvaters Brief. Auch Großmutter hatte ein paar Zeilen geschrieben. Sie sagten, sie hätten Sehnsucht nach ihr und wie wundervoll es wäre, für ihre Enkelin sorgen zu dürfen. Sie hatten von Eva-Lisa gehört und schrieben, daß es ein Glück für Lovisa sei, ein kleines Kind in Pflege zu haben. Vielleicht würde sie jetzt Miranda eher erlauben, wenigstens ein Jahr bei ihnen zu verbringen. Lovisa könne natürlich in dieser Zeit, so oft sie wolle, zu Besuch kommen.

Miranda wollte gerade anfangen, den zweiten Brief zu lesen, als Harry hereingestapft kam. „Hab gehört, daß du Post gekriegt hast", sagte er.

„Hat man das bis in die Stadt gehört?"

„Da hört man so manches", sagte Harry. „Ansonsten hab ich mit Lovisa gesprochen. Sie meinte, ich soll dich nicht stören, solange du mit deiner Post beschäftigt bist."

„Du darfst mich gern stören. Den zweiten Brief kann ich später lesen. Ich weiß ungefähr, was drin steht."

„Wer kann das wohl sein, der immer dasselbe schreibt?"

„Das wüßtest du wohl gern? Aber ich verrate es dir nicht."

„Hast du etwa Geheimnisse vor deinem Vetter?"

„Stell dir vor, das hab ich."

Harry schielte auf den Brief. „Ist er von deiner Mutter?"

„Lovisa ist meine Mutter, und die schreibt mir ziemlich selten."

„Du weißt, wen ich meine."

„Von meiner Mama vom Eselsberg ist er nicht. Du erfährst nie, wer mir geschrieben hat. Das ist mein Geheimnis."

„Ich kann es aber nicht ertragen, daß du Geheimnisse hast."

„Ich darf so viele Geheimnisse haben, wie ich will. Vielleicht hast du ja auch Geheimnisse. Erzählst du mir etwa alles?"

„Ich bin ja extra hergekommen, um dir eines zu erzählen. Ich ziehe fort aus der Stadt. Dann kriegst du noch mehr Post, ich werd dir nämlich auch schreiben."

Plötzlich wurde Miranda traurig. Ohne Harry würde es in der Stadt sehr langweilig werden. Ohne ihn auf dem Schulhof würde die Schule düster und fad sein.

„Ich will nicht, daß du wegziehst", sagte sie.

Harry lächelte. Es gefiel ihm, daß sie traurig war. Er setzte sich neben sie an den Küchentisch. „Ich muß auf eine andere Schule", erklärte er. „Papa will, daß ich das Abitur mache, und das kann man hier in unserer Stadt nicht."

„Vielleicht mußt du eine Aufnahmeprüfung machen. Womöglich kommst du gar nicht rein."

„Ich komme rein", sagte Harry überzeugt.

„Das glaube ich auch", sagte Miranda. „Dir gelingt alles, was du dir vornimmst. Aber ohne dich wird es hier leer."

Harry strahlte sie an und rückte näher.

Miranda stand auf und drängte sich an ihm vorbei. „Den zweiten Brief lese ich später. Du kannst mir jetzt beim Erdbeerenpflücken helfen."

„Ja, die laß ich mir gern schmecken."

„Mach dir keine Hoffnungen. Wir kriegen Besuch zum Abendessen und brauchen sie für den Nachtisch."

„Du darfst so viele essen, wie du willst", sagte Lovisa, die mit ihrem Eierkorb in der Tür auftauchte. „Oder sagen wir lieber, beinahe ..."

Miranda versteckte ihren Brief in der obersten

Schublade ihrer Kommode. Dann ging sie mit Harry zum Erdbeerbeet.

„Eigentlich hatte ich gehofft, wir würden einen Spaziergang machen", sagte Harry. „Ich hatte nicht vor, in einem Erdbeerbeet herumzukriechen."

„Manchmal kommt es anders, als man denkt", sagte Miranda und steckte sich eine dicke Erdbeere in den Mund.

Ein geheimnisvoller Gast auf dem Eselsberg

„Ich mach jetzt einen Sonntagsspaziergang. Kommst du mit?" fragte Lovisa, als sie Eva-Lisa in den Kinderwagen gebettet hatte.

„Sonntagsspaziergänge kann ich nicht leiden", sagte Miranda, die ihr Fahrrad aus dem Holzschuppen schob. „Und du kriegst ohnedies Gesellschaft. Eva-Lisas Vater wird bestimmt jeden Augenblick auftauchen. Da könnt ihr zusammen einen schönen Familienspaziergang machen, wie jeden Sonntag."

In diesem Moment kam Albert durchs Hoftor. Er hatte seinen Sonntagsanzug an und war guter Laune.

„Da sieh mal einer an, wollen mir beide Damen Gesellschaft leisten? Oder alle drei, sollte ich vielleicht lieber sagen. Die Kleine muß man ja auch dazuzählen."

„Du mußt dich mit Eva-Lisa und mir begnügen“, sagte Lovisa. „Miranda hat etwas anderes vor.“

„Viel Spaß beim Sonntagsspaziergang“, rief Miranda und fuhr auf den Weg hinaus.

Ihr war eine unglaubliche Idee gekommen. Mama war gar nicht auf und davon. Sie hielt sich in ihrem Häuschen auf, nach dem sie immer Heimweh gehabt hatte. Dort konnte sie „das freie Leben“ leben. Bestimmt hatte Albert nicht daran gedacht, sie dort zu suchen. Vielleicht hatte er zuallererst dort nachgeschaut. Aber Mama war natürlich nicht so dumm, daß sie sofort zum Eselsberg lief. Sie hatte sich erst dorthin begeben, als sie sicher sein konnte, daß niemand sie suchen würde. Und jetzt saß sie in ihrem Häuschen und war guter Dinge. Das Geld, das Albert ihr für Essen und Kleider gegeben hatte, hatte sie sicher mitgenommen, und so brauchte sie sich keine Sorgen zu machen.

Miranda hoffte, daß Mama alles bereute und sich nach Eva-Lisa und Albert und der modernen Wohnung sehnte. Bestimmt sah sie inzwischen ein, daß sie sich unvernünftig verhalten hatte. Aber jetzt schämte sie sich natürlich zurückzukehren.

Vergnügt strampelte Miranda den steilen Berg hinauf. Ganz deutlich fühlte sie, daß Mama jemanden brauchte, der ihr half zurückzukehren. Jemand, der mit Albert reden und ihm erklären könnte, daß Mama schon immer übereilte Sachen gemacht hatte. Schließlich konnten nicht alle Menschen so vernünftig sein wie Albert. Er mußte Mama verzeihen und sie wieder zu sich nehmen.

Dann würde alles so werden wie früher. Lovisa würde wieder normal werden. Jetzt sah es ja so aus, als gäbe es für sie nichts auf der Welt außer Eva-Lisa. Es war, als hätte sie vergessen, daß sie auch eine große Tochter hatte. Eva-Lisa raubte Lovisa alle Kraft. Nachts schrie sie, so daß Lovisa tagsüber unausgeschlafen und müde war und kaum noch weben konnte.

Albert war genauso vernarrt in Eva-Lisa. Er rief mehrmals täglich an und erkundigte sich, wie es der Kleinen ginge. Und wenn sie auch nur einen Anflug von Schnupfen hatte, kam er schon angerast und brachte Medizin und Spielzeug.

Natürlich war Eva-Lisa ein süßes Baby. Miranda hatte sie sehr gern, aber dieses Getue war wirklich übertrieben. Es war höchste Zeit, daß die richtige Mutter zurückkehrte und sich um ihr Kind kümmerte!

Als Miranda durch das verfallene Gartentor trat, war ihr etwas bang. Wenn Mama tatsächlich hier war, hatte sie sich auf jeden Fall nicht um den Garten gekümmert. Die Ringelblumen blühten wie immer. Die Nesseln hatten sich schlimmer als sonst ausgebreitet. Der ganze Garten war von Unkraut überwuchert, bis hinauf auf die Treppe wuchs das Gras. Offensichtlich hatte schon lange niemand mehr den Garten betreten.

Und doch... War da nicht ein schmaler Pfad, der durchs Unkraut an die Treppe führte?

Mit klopfendem Herzen folgte Miranda dem Pfad. War Mama hier gegangen? Oder hatte ein Fremder versucht, in das Häuschen einzudringen? Vielleicht war es bloß Frau Blums roter Kater gewesen?

Die Tür war abgeschlossen. Miranda trat durch die Ringelblumen ans Küchenfenster und spähte hinein. Drinnen sah es leer und verlassen aus.

Dann ging sie zurück und tastete unter der Treppe nach dem Schlüssel. Er lag an seiner Stelle, rostiger denn je. Es quietschte unheimlich, als sie ihn im Schloß umdrehte.

Sie trat ein. Es roch noch muffiger als das letztemal. Eine Weile blieb sie an der Tür stehen und sah sich um. Diese Unordnung konnte unmöglich von Mama stammen. Jemand anderes mußte hiergewesen sein. Der Flickenteppich war zu einem Haufen zusammengeschoben. Benutzte Teller standen in der Spüle. Auf dem Tisch stand eine gebrauchte Kaffeetasse. Im Fenster lagen haufenweise tote Fliegen. Das Wachstuch war fleckig.

Mama war zwar nicht besonders ordentlich, aber so hatte es nie bei ihr ausgesehen. Das heißt, wenn sie nicht gerade mit den Kesselflickern gefeiert hatte. Aber nur deswegen wäre sie doch nicht hierher zurückgekehrt?

Miranda stand mitten im Zimmer und überlegte. Wer war hiergewesen? Otto bestimmt nicht. Als Mama noch hier wohnte, hatte er sie nur selten besucht, und seit das Haus unbewohnt war, fand er es unheimlich, das hatte er selbst gesagt.

Und unheimlich war es tatsächlich! Miranda hätte am liebsten auf der Stelle kehrtgemacht. Aber vorher mußte sie noch in die Kammer und in ihr eigenes Schlafkabuff schauen. In der Kammer schien jemand gehaust zu haben. Der Überwurf lag zerknittert auf dem Bett, eine Kommodenschublade war halb herausgezogen, und die Stühle standen kreuz und quer im Zimmer.

Rasch schloß sie die Tür und spähte ins Kabuff. Hier sah alles noch unberührt aus. In ihrem Bett hatte niemand geschlafen, stellte sie erleichtert fest.

Dann ging sie hinaus, sperrte die Haustür ab und legte den Schlüssel an seinen Platz. Sie zog das Gartentor, so gut es ging, hinter sich zu. Es war nur eine Frage der Zeit, wann das alte Tor aus den Angeln fallen würde.

Miranda beschloß, Frau Blum zu besuchen. Vielleicht wußte die, wer in Mamas Häuschen wohnte.

Ein freundliche alte Frau

Die Haustür stand offen. Frau Blum hatte gebacken, das roch man bis in den Garten hinaus. Miranda sah sie mit einem weißen Tuch um den Kopf in der Küche hantieren. Sie klopfte an die offene Tür, bevor sie eintrat. Frau Blum freute sich offensichtlich, sie zu sehen.

„Na, so eine Überraschung! Willkommen, Miranda!"

Miranda setzte sich auf den Stuhl neben der Tür. Auf dem Sofa lagen so viele Hefezöpfe aufgereiht, daß die Katze in ihrer Ecke kaum noch Platz hatte.

„Erwarten Sie Gäste?" fragte Miranda.

„Das kann man wohl sagen", antwortete Frau Blum und zog ein Blech mit Zimtschnecken aus dem Backofen. „Mein Bruder und ich feiern, daß wir hundertfünfundvierzig werden."

„Das ist doch nicht möglich."

„Zusammen. Mein Bruder wird fünfundsiebzig, und ich werde siebzig."

„Und gefeiert wird hier?"

„Ja, Ernst kommt hierher. Er ist alleine. Seine Frau ist letztes Jahr gestorben. Er möchte, daß ich zu ihm ziehe. Aber ich will mein Häuschen nicht aufgeben. Und er will aus seinem Haus auch nicht ausziehen. Es ist, als wäre ein Haus wichtiger als ein Mensch."

Frau Blum schob das letzte Backblech hinein. Miranda schwieg und dachte über Frau Blums Bemerkung nach. So war es. Für manche Leute waren Häuser wichtiger. Für Mama zum Beispiel. Und für Lovisa.

„Mama hat ihr Häuschen wahrscheinlich lieber als Albert", sagte sie schließlich.

Frau Blum setzte sich und wischte sich den Schweiß von der Stirn. „Beim Backen wird einem heiß, noch dazu wenn die Sonne so herabsticht", sagte sie. „Bleibst du noch ein Weilchen? Dann kriegst du nachher Saft und frischen Hefekuchen. Ja, das mit deiner Mutter ist wirklich seltsam. Einen besseren Mann als Albert hätte sie nicht kriegen können. Wer das nur begreifen könnte."

„Das begreift niemand. Eva-Lisa müßte ihr doch das Allerwichtigste sein", sagte Miranda. „Wie konnte Mama nur ihr Baby im Stich lassen?"

„Da gibt es eine Sache, über die habe ich mir so meine Gedanken gemacht", sagte Frau Blum. „Mir ist was eingefallen. Aber das ist wohl kaum möglich."

„Was denn?"

„Der Husten. Sie hat sehr viel gehustet. Vor allem in letzter Zeit. Weißt du das nicht mehr?"

„Das ist mir nicht aufgefallen."

„Dieser Husten hat ihr Sorgen gemacht. Du weißt doch, daß ihre Mutter an Schwindsucht gestorben ist?"

„Das hat sie mir nie erzählt."

„Mit mir hat sie darüber gesprochen. Vielleicht hat sie geglaubt, sie hätte Schwindsucht. Vielleicht hat sie befürchtet, sie könnte die Kleine anstecken."

Miranda schwieg. Ja, so war es. Mama hatte ihr neugeborenes Kind nicht anstecken wollen. Sie hatte sich aus dem Staub gemacht, um Eva-Lisa zu retten. Miranda traten Tränen in die Augen. Mama hatte ihr Kind gerettet und sich selbst geopfert. Arme Mama. Vielleicht lag sie schon im Sterben? Und ihre beiden großen Kinder standen ihr nicht bei.

„Wir müssen sie finden", sagte Miranda. „Wir müssen ihr helfen. Womöglich ist sie schwer krank."

„Ihr fehlt bestimmt nichts", sagte Frau Blum. „Und an die Sache mit der Schwindsucht glaub ich nicht so recht. Deine Mama hat eine lebhafte Phantasie. Dumm von mir, es zu erwähnen. Versuch es zu vergessen."

„Das kann ich nicht. Ich will ihr helfen."

„Du hast schon genug geopfert für deine Mama", sagte Frau Blum, die übrigens gar nicht deine Mama ist. Ich hab oft gesehen, wie sie dich ausgenützt hat. Denk nicht mehr an sie. Sie hat es sich selbst ausgesucht, wie sie leben will."

„Meine arme, arme Mama", klagte Miranda.

„Unsinn", sagte Frau Blum. „Oje, die Hefeschnecken brennen an!" Sie fuhr hoch und zog das Blech in letzter Minute aus dem Backofen. Ein paar Schnecken waren bereits angebrannt.

Frau Blum brummte verärgert vor sich hin. Dann stellte sie Saft und einen Teller Hefeschnecken auf ein Tablett. „Setz dich hinaus auf die Treppe, dann trinken wir Saft und zerbrechen uns nicht mehr den Kopf."

Aber Miranda konnte Mama nicht vergessen. Wie sollte sie sie finden? Sie mußte Albert dazu bringen, daß er gründlich nach ihr suchte. Es war ganz so, als hätte er Mama schon vergessen. Als ob jetzt alles gut wäre, weil Lovisa Eva-Lisa zu sich genommen hatte.

Sie blieb ein Weilchen auf Frau Blums Treppe sitzen.

So still und friedlich wie hier sollte das Leben sein. Blumenduft und Bienensummen. Eine Katze, die schnurrend in der Sonne lag. Saft und Hefekuchen. Und eine freundliche alte Frau, die keine Sorgen hatte.

„Vielen Dank für den Saft", sagte Miranda und stand auf. „Jetzt muß ich heim und Lovisa helfen. Sie hat viel am Hals, jetzt wo sie neben dem Weben auch noch Eva-Lisa versorgen muß."

„Denk daran, daß du Sommerferien hast", sagte Frau Blum. „Du hast immer so viel für andere tun müssen. Laß die Erwachsenen alleine fertig werden. Und vergiß, was ich gesagt habe."

„Ich vergesse nichts", sagte Miranda und ging zu ihrem Fahrrad. „Vor allem so guten Hefekuchen nicht. Ich komm bald wieder vorbei."

„Aber ich backe nicht jeden Tag", meinte Frau Blum.

„Ich komme trotzdem", rief Miranda und begann, den langen steilen Berg hinabzurollen.

Nur Miranda macht sich Sorgen

Eva-Lisa schrie. Miranda legte ihren Zeichenblock hin. Sie hatte Eva-Lisa gezeichnet und war recht zufrieden mit dem Ergebnis. Jetzt fehlten nur noch ein paar Feinheiten – das Lächeln, das Grübchen in der einen Wange, das vergnügte Funkeln in den Augen. Ausgerechnet da mußte sie zu schreien anfangen. Wer schreit, hat keine Grübchen in den Wangen und kein Funkeln in den Augen.

Lovisa stürzte aus der Webstube. „Wenn du sie ein Weilchen draußen im Kinderwagen herumschiebst, schläft sie bestimmt ein", sagte sie.

„Ich frag mich, ob sie nicht ziemlich verwöhnt ist", sagte Miranda. „Kinder müßten doch eigentlich schlafen, wenn sie müde sind, ohne daß man sie im Wagen herumschiebt."

„Das sind die Zähne", sagte Lovisa. „Sie hat bestimmt Schmerzen."

„Das sagst du schon lange", entgegnete Miranda. „Und bisher hat sie keinen einzigen Zahn gekriegt. Oskar hat damals eine Menge Zähne gekriegt, aber geschrien hat er deshalb noch lange nicht."

„Du kannst sie doch trotzdem ein Weilchen schieben", sagte Lovisa müde. „Ich muß gerade etwas Schwieriges weben. Sobald ich fertig bin, kümmere ich mich um Eva-Lisa."

„Albert könnte auch mal nach ihr schauen", brummte Miranda. „Sie ist schließlich nicht unser Kind. Und du brauchst auch ein bißchen Ruhe."

„Alberts Kind ist sie auch nicht", sagte Lovisa. „Und jetzt ist es, wie es ist. Außerdem freuen wir uns doch, daß Eva-Lisa hier bei uns ist, oder nicht?"

„Ja, gewiß", sagte Miranda und nahm die Kleine hoch. „Ich schieb sie runter in die Stadt und mach einen

Besuch bei ihrem Papa und ihrem Bruder."

Lovisa kehrte zu ihrem Webstuhl zurück. Miranda ging hinaus und legte Eva-Lisa in den Kinderwagen. Es war ein schöner Tag, und obwohl keine Sonne schien, war es trotzdem ziemlich warm. Eva-Lisa brauchte keine Decke, das spitzenbesetzte Leintuch über ihren molligen Beinen genügte. Sie schlief gleich darauf ein.

„Du wärst bestimmt auch so eingeschlafen", murmelte Miranda. „Aber in der Stadt mußt du aufwachen und deinen Papa begrüßen. Bin gespannt, ob dein Bruder sich freut, wenn er dich sieht."

Albert und Otto machten gerade Pause. Sie saßen am Küchentisch und tranken Kaffee. Albert freute sich, als Miranda mit Eva-Lisa auf dem Arm hereinkam. Aber Otto machte ein saures Gesicht, und Eva-Lisa begann zu quengeln. Sie hatte noch nicht ausgeschlafen.

„So so, das feine Fräulein geht spazieren", sagte Otto. „Unsereins darf immer nur schuften. Manche Leute kriegen nie Urlaub."

„Das kommt schon noch", sagte Albert. „Immer mit der Ruhe. Im August machen wir mindestens eine Woche lang den Laden dicht. Dann nehmen wir das Auto und fahren auf Abenteuer."

Otto machte noch immer ein saures Gesicht. Vielleicht wollte er lieber mit jemand anderem auf Abenteuer fahren.

„Gib mir das Kind", sagte Albert und nahm Eva-Lisa auf den Schoß.

4 4784-12

Sofort tauchte das Grübchen in der Wange wieder auf, und die Augen der Kleinen begannen zu funkeln. Sie streckte die Arme hoch und zog Albert an seinem schwarzen Schnauzbart.

„Dich mag sie am allerliebsten“, stellte Miranda fest und setzte sich hin.

„Alle Kinder mögen mich“, sagte Albert stolz. „Na, was haltet ihr vom Urlaub? Willst du auch mitkommen, Miranda? Wir drei auf großer Reise, wäre das nichts?“

„Ich unternehme lieber was für mich allein“, sagte Otto.

„Vielleicht könnte Lovisa mitkommen“, schlug Miranda vor. „Lovisa braucht dringend Urlaub. So viel wie die am Hals hat, mit ihrem Webstuhl und dem Baby ...“

Sofort bereute sie, was sie gesagt hatte. Wer würde Eva-Lisa hüten, wenn Lovisa wegfuhr? Und was konnten Albert und Lovisa nicht alles anstellen, wenn man sie alleine fortließ!

Albert sah nachdenklich aus, aber seine Augen leuchteten auf. „Keine schlechte Idee“, sagte er. „Wirst du allein mit Eva-Lisa fertig?“

„Werd ich schon, aber ich will nicht allein in Oberkirschberg bleiben. Da hab ich abends Angst.“

„Du kannst solange hier wohnen“, schlug Albert vor. „Hier sind ringsum Leute. Und vielleicht bleibt Otto ja hier und paßt auf euch auf.“

„Entweder ich hab Urlaub oder nicht“, sagte Otto. „Ich hab wirklich keine Lust, im Urlaub Kindermädchen zu spielen. Und vielleicht will ich auch nicht unbedingt daheim bleiben.“

Jemand kam in den Flur und trat in die Schreinerei. Albert stand auf und reichte Eva-Lisa an Miranda zurück. Otto stand ebenfalls auf. „Warte, dann kriegst du was Spannendes zu hören“, sagte Miranda.

Und dann erzählte sie von dem geheimnisvollen Gast in Mamas Häuschen und von Frau Blums Vermutungen über Mamas Schwindsucht.

Otto seufzte. „Nichts als Sorgen“, sagte er.

„Was hast du denn für Sorgen?“

„Mehr als du glaubst. Übrigens ist das alles bestimmt bloß Geschwafel. Ich hab Mama noch nie husten gehört. Nein, Mama macht sich ein paar schöne Tage bei den Kesselflickern. Mit denen ist sie ja sogar verwandt. Sie wohnt bei den lieben Verwandten und genießt das Leben.“

„Ich wußte gar nicht, daß Mama mit den Kesselflikkern verwandt ist.“

„Es gibt vieles, was du nicht weißt. Jetzt geh ich rüber in die Werkstatt. Du kannst den Tisch abräumen. Trink vorher noch einen Schluck Kaffee. Und sorg dafür, daß das Gör mit dem Geschrei aufhört. Bei dem Gebrüll kriegt man ja Ohrenweh.“

„Ich will keinen Kaffee. Und du könntest dich ruhig selbst um das Kind kümmern. Es ist immerhin deine

Schwester, nicht meine. Hast du schon mal daran gedacht?“

„Blödsinn“, sagte Otto und verschwand in die Schreinerwerkstatt.

Miranda ging hinaus und legte die Kleine in den Wagen. Es war, als müßte sie sich als einzige um alles kümmern. Und sie war auch die einzige, die sich um Mama Sorgen machte.

Eva-Lisa schlief ein, und Miranda wanderte langsam nach Oberkirschberg zurück.

Wer war in Mamas Häuschen?

Wie dumm, daß sie vergessen hatte, Frau Blum danach zu fragen! Das kam von all dem Gerede über Mamas Schwindsucht. Jetzt wußte Miranda nicht, ob die Nachbarin den geheimnisvollen Gast in Mamas Häuschen gesehen hatte. Sie mußte sie daher noch einmal besuchen.

An einem Sonntag, als Lovisa sich freigenommen hatte und Eva-Lisa vergnügt auf Alberts Schoß saß, wollte Miranda die Gelegenheit wahrnehmen. Sie blieb in der Türöffnung stehen und schaute in die Küche. Ein schöneres Bild von Vater, Mutter und Kind konnte man sich kaum vorstellen. Alle drei auf dem Küchensofa, Lovisa froh und zufrieden, die Hände im Schoß.

„Setz dich, und steh nicht da wie zu Besuch", sagte Lovisa.

„Ich wollte ein bißchen radfahren", sagte Miranda.

„Diese junge Dame scheint immerzu auf Achse zu sein", sagte Albert lächelnd. „Willst du raus und malen?"

„Heute nicht. Vielleicht fahre ich zum Eselsberg hinauf und schau bei Frau Blum vorbei."

„Du warst doch erst vor kurzem dort", meinte Lovisa.

„Ich möchte wissen, wie der Geburtstag war. Sie und ihr Bruder sind zusammen hundertfünfundvierzig geworden. Sie hatte eine Menge gebacken, vielleicht ist da noch was übrig."

„In der Zeitung stand ein Artikel über die beiden. Mit Foto und allem", sagte Albert.

„Kann ich ihn sehen?" fragte Miranda.

„Die Zeitung hab ich wahrscheinlich noch", erwiderte Albert. „Ich such sie dir raus."

„Vielleicht ist der Bruder noch da. Ich fahr mal hin. Und zu Mamas Häuschen will ich auch rüber."

„Das verfällt jetzt wohl völlig", sagte Lovisa.

„Es sieht schrecklich aus", sagte Miranda. „Als Mama noch drin wohnte, sah es bei weitem nicht so alt aus."

„Ich müßte mich mal um die Bruchbude kümmern", meinte Albert. „Aber ich hab so wenig Zeit."

Miranda schwieg, sie dachte nur, daß Albert früher ziemlich viel Zeit hatte, wenn es darum ging, nach Oberkirschberg zu kommen. „Auf jeden Fall ist jemand dort gewesen", sagte sie dann. „Ich hab Spuren im Gras gesehen."

„Das ist nicht verwunderlich", meinte Albert. „Die Leute lieben es doch, in unbewohnte Häuser reinzustarren. Vielleicht hast du meine Spuren gesehen. Ich war vor einiger Zeit dort."

„Was hast du da gemacht?"

„Nachgeguckt, was man alles am Haus richten muß. Wenn ich mal Zeit finde, werde ich einiges reparieren. Vielleicht im Urlaub."

„Warst du drin im Haus?"

„Nein, ich hab ja keinen Schlüssel."

„Der Schlüssel liegt unter der Treppe. Ich war drin. Und jemand anderes ist auch drin gewesen. Da sieht es schlimm aus."

„Vielleicht Elvira selbst", vermutete Lovisa. „Sie hatte es wahrscheinlich ziemlich eilig."

„Sie ist doch nicht von dort aus davongelaufen, sondern aus Alberts Wohnung."

„Nun, man kann eigentlich nicht behaupten, daß sie davongelaufen ist", mischte sich Albert ein. „Ein erwachsener Mensch darf doch ruhig mal verreisen, wenn ihm der Sinn danach steht."

„Nennst du das verreisen?" fragte Lovisa.

Miranda sah ihr an, daß sie Angst hatte, Mama könnte bald von ihrer Reise zurückkommen und ihr sowohl Eva-Lisa als auch Albert wieder wegnehmen.

Die Erwachsenen konnten einem schon Leid tun.

Ständig hatten sie Sorgen. Plötzlich hatte Miranda keine Lust mehr, sich wieder Frau Blums Befürchtungen anzuhören. Vielleicht hatte Mama Eva-Lisa sowieso schon angesteckt.

„Ich hab doch keine Lust, auf den Eselsberg zu fahren", sagte sie. „Ich glaube, ich möchte lieber malen."

„Fahr aber nicht zu weit", mahnte Lovisa. „Heute essen wir früh zu Abend."

„Ich werde deine Pfingstrosen malen", sagte Miranda. „Mit meinem Waldbild komme ich nicht weiter."

„Übrigens, neulich bin ich dem Goldschmied begegnet", sagte Lovisa. „Er möchte, daß du bei Gelegenheit reinschaust."

„Sicher hat Birgitta sich wieder was Neues ausgedacht. Die hat so viele Einfälle, da kommt man gar nicht mehr mit."

Miranda ging nicht sofort hinaus ins Freie, sondern blieb ein Weilchen in ihrem Zimmer stehen, um zu überlegen. Stammten die Spuren im Gras wirklich von Albert? Aber Albert würde nie lügen. Also wußte er tatsächlich nicht, wo der Schlüssel lag. Außerdem würde Albert niemals ein solches Durcheinander in Mamas Häuschen hinterlassen.

Als sie wenig später mit ihrem Skizzenblock inmitten von Lovisas Blumen saß, fiel ihr plötzlich Otto ein. Er konnte in dem Häuschen gewesen sein. Otto hinterließ immer eine schreckliche Unordnung. Wahrscheinlich hatte er mit Freunden dort gefeiert.

Doch bald kam sie auf andere Gedanken. Blumen zeichnen war wundervoll, es machte genausoviel Spaß wie Bauernmalerei und Landschaftsbilder.

Die Idee des Goldschmieds

Miranda und der Goldschmied saßen auf Gartenstühlen und beobachteten Birgitta, die hingebungsvoll auf die lange Papierbahn an der Wand malte. Sie reihte einen Baumstamm an den anderen.

„Die Stämme wirken ganz anders, wenn man die Baumkronen nicht sieht", sagte Miranda. „Der Wald wird irgendwie tiefer und geheimnisvoller."

„Da hast du recht", erwiderte der Goldschmied. „Birgittas Bilder werden immer besser. Am liebsten würde ich sie jemandem zeigen, der was davon versteht."

„Ich kenne einen Künstler. Dem könnte man sie zeigen", schlug Miranda vor.

„Mir ist da eine Idee gekommen", sagte der Goldschmied. „Wir sollten eine Ausstellung machen. Dann könnten wir Birgittas Malerei vielen anderen Menschen zeigen."

„Bei Birgittas großen Bildern braucht man aber viel Platz."

„Die Turnhalle der Schule ist jetzt im Sommer frei. Auf den riesigen Wänden gibt es reichlich Platz, auch für dich."

„Für mich?"

„Ja, genau. Du hast doch auch schon viel gemacht. Wir werden alles ausstellen, deine Bauernmalerei und alles andere auch. Wir werden deine Truhen und Schränke ausleihen. Es soll nämlich eine große Ausstellung werden. Wir wollen zeigen, was die Jüngsten unserer Stadt alles zustande bringen. Vielleicht finden wir noch mehr junge Künstler. Was hältst du davon?"

„Gibt es denn überhaupt jemanden, der so was angukken will?" fragte Miranda.

„Unbedingt", sagte der Goldschmied. „Machst du mit?"

„Von mir aus gern. Aber viel zu zeigen hab ich nicht."

„Warte nur", sagte der Goldschmied lächelnd. „Wir werden die Stadt in Erstaunen versetzen. Ich gebe eine Anzeige in die Zeitung, in der junge Talente gesucht werden. Es muß ja nicht unbedingt Malerei sein. Handarbeiten, Gewebtes, Gestricktes, Geschreinertes gehören auch dazu."

„Dann kann mein Bruder Otto auch mitmachen. Er ist ein sehr tüchtiger Schreiner, hat eine schöne kleine Kommode angefertigt."

„Natürlich muß er teilnehmen."

„Schade, daß Lovisa nicht mehr jung ist. Die Sachen, die sie gewebt hat, müßte man ausstellen."

„Ein andermal. Diesmal kommt die Jugend dran", meinte der Goldschmied vergnügt.

Miranda schwieg. War es möglich, daß sich jemand für Birgittas Malerei interessierte? Vielleicht würden die Leute sie nur auslachen? Vielleicht würden sie es lächerlich finden, daß der Goldschmied die Schmierereien seiner verrückten Tochter zeigen wollte. Das Besondere an Birgittas Kunst würden sie nicht verstehen. Und Ottos und ihre selbstgemachten Versuche würden auch keine Bewunderung hervorrufen. Alles würde in einem einzigen Gelächter enden.

Birgitta war am Ende der langen Papierbahn angelangt. Vor lauter Begeisterung malte sie jetzt auf der Hauswand weiter. Der Goldschmied stand auf. An seine schöne Hauswand wollte er keine Baumstämme haben. Er versuchte, Birgitta den Pinsel wegzunehmen. Aber Birgitta war stark. Den Pinsel wollte sie nicht hergeben. Dunkelbraune Farbe spritzte auf den hellen Anzug des Goldschmieds. Er wurde zornig und drehte Birgittas Hand um.

„Du scheußlicher Kerl!" schrie Birgitta. „Du willst nur mein Bild kaputtmachen! Laß mich in Ruhe!"

Inzwischen war es dem Goldschmied gelungen, ihr den Pinsel zu entreißen. Er warf ihn Miranda zu. „Verschwinde damit, bevor sie über dich herfällt", rief er. Hole Hilfe aus der Küche."

Miranda lief davon. Sie hörte hinter sich Birgittas Schreie und die beruhigende Stimme des Goldschmieds. Nein, gesund war Birgitta durch die Malerei nicht geworden. Nur solange sie malte, war sie friedlich.

Frau Berger kam ihr entgegen. Sie hatte Birgittas Schreie gehört. „Was ist passiert? Warum regt sie sich so auf?“

„Ihr Vater hat ihr den Pinsel weggenommen. Sie wollte die Hauswand bemalen.“

„Er hätte sie nicht reizen sollen, jetzt, wo sie so friedlich war. Er weiß doch, was passiert.“

„Helfen Sie ihm. Allein wird er nicht mit ihr fertig“, sagte Miranda. „Ich kann es nicht.“

„Es ist besser, wenn du jetzt gehst. Komm ein anderes Mal wieder. Mein Mann will bestimmt noch mehr über seine Idee mit dir reden. Wenn es um Birgitta geht, kennen seine Einfälle keine Grenzen.“

Sie bog um die Hausecke, zur Flußseite hin. Und Miranda ging zum Gartentor. Dort entdeckte sie, daß sie den Pinsel immer noch in der Hand hielt. Sie legte ihn neben einem der Torpfosten ins Gras.

Auf dem Heimweg dachte sie über den Vorschlag des Goldschmieds nach. In einer Künstlerausstellung war sie noch nie gewesen. Mußten die Künstler persönlich neben ihren Werken stehen? Kamen Leute auf sie zu, um mit ihnen zu reden? Birgitta kam dafür nicht in Frage. Und sie selbst hatte nichts über ihre eigenen Bilder zu sagen.

Die Idee des Goldschmieds war vielleicht doch nicht so gut.

Der Fremde

Es war, als hätte der Eselsberg plötzlich eine besondere Anziehungskraft. Obwohl es in Strömen regnete, mußte Miranda dorthin. Sie schlich ins Freie und nahm ihr Fahrrad. Lovisa sah ihre Ausflüge zum Eselsberg nicht gern. Aber Miranda wollte noch ein letztes Mal dort nachschauen, bevor sie ihre aufregende Reise ans Meer antrat.

Lovisa hatte sie jedoch gleich bemerkt. Noch bevor Miranda das Hoftor erreichte, tauchte ihre Mutter auf der Treppe auf.

„Wo willst du denn hin bei diesem Regenwetter?"

„Ich brauche frische Luft."

„Genügt dir die Luft hier auf dem Hof nicht?"

Miranda öffnete das Tor und setzte sich auf das Fahrrad. „Ich bin bald wieder da", rief sie.

Sie brauchte sich nicht umzudrehen und Lovisa anzuschauen. Sie wußte genau, wie traurig sie aussah, als sie zum Webstuhl und zu Eva-Lisa zurückging.

Als Miranda an den langen, steilen Hang kam, begann sie ihr Vorhaben zu bereuen. Was hatte sie auf dem Eselsberg verloren? Der Anblick von Mamas Häuschen machte sie bloß traurig. Und Frau Blum war verreist. Sie hatte Miranda keinen Hinweis auf den

Gast, der in der Küche gehaust hatte, geben können. Frau Blum glaubte, daß es Mama selbst gewesen war. Von Mamas Ordnungssinn hielt sie nicht allzuviel.

„In Elviras Haus lag doch schon immer alles wie Kraut und Rüben herum", hatte sie gesagt. „Das ist kein Grund zur Aufregung. Vielleicht hatte sie es eilig, als sie aufbrach."

Aber Miranda wollte Gewißheit haben, obwohl ihr das Herumstöbern in dem leeren Haus unheimlich war. Otto war es nicht gewesen. Sie hatte ihn gefragt. Er hatte nur gelacht. „Glaubst du, ich habe einen Dachschaden? Was hätte ich in dieser Bruchbude verloren? Nicht einmal, wenn Mama dorthin zurückkehrt, gehe ich da hin. Damit du's nur weißt ..."

Heute schienen sämtliche Häuser auf dem Eselsberg leer und verlassen zu sein. Düster kauerten sie im Regen. Mamas Gartentor war inzwischen umgekippt und lag wie ein graues Gerippe im nassen Gras. Miranda lehnte ihr Fahrrad an den Zaun und trat in den Garten. Diesmal waren keine Spuren von irgendwelchen Besuchern zu sehen. Das Gras war vom Regen plattgedrückt.

Miranda blieb stehen und lauschte dem Regen, der aufs Dach herabprasselte. Die Regentonne an der Ecke lief über. Eine Schuppentür stand offen und bewegte sich quietschend im Wind. Auf dem Zaun saß eine nasse Elster und guckte Miranda an. Sonst war alles ausgestorben und öde. Bestimmt wäre es am besten, gleich wieder nach Hause zu fahren. Es hatte keinen

Sinn, ins Haus zu gehen. Es war idiotisch gewesen, zu glauben, daß Mama zurückgekommen sei.

Da hörte sie Schritte. Irgend jemand ging im Häuschen umher, und zwar mit schweren Schritten. Das war nicht Mamas hastiges Trippeln. Miranda erschrak zutiefst. Sie wollte davonrennen, blieb aber wie angewurzelt stehen, starrte die Tür an und wartete darauf, daß sie von irgendeiner fürchterlichen Gestalt geöffnet wurde. Aber niemand kam. Langsam zog sie sich zurück, ohne das Häuschen aus den Augen zu lassen.

Als sie das Gartentor erreicht hatte, sah sie, daß der Küchenvorhang sich bewegte. Irgend jemand zeigte sich am Fenster. Mama war es nicht. Wie erstarrt stand Miranda da und wartete. Sie mußte wissen, wer das war. Plötzlich ging die Tür auf, und ein langer, hagerer Mann kam heraus. Sein Gesicht war kaum zu erkennen, weil es zur Hälfte von einem dunklen Bart bedeckt war und strähnige Haare in die Stirn fielen.

„Was willst du hier?" fragte er.

„Nichts. Ich fahr gleich wieder weg."

„Du warst im Garten. Irgendwas willst du doch."

„Ich hab nachgeschaut, ob Mama da ist."

„Wieso glaubst du, daß deine Mutter hier sein könnte?"

„Sie hat hier gewohnt. Das hier ist ihr Haus."

„Ach so, du bist Elviras Tochter."

„Ja, das bin ich."

„Ich werde ihr ausrichten, daß du hiergewesen bist.

Willst du was Bestimmtes?"

„Ich möchte wissen, wo sie ist."

„Das erfährst du früh genug."

„Wissen Sie, wo sie wohnt?"

„Ja, sie wohnt bei mir und ein paar anderen."

Miranda begriff, daß es sich um einen der Kesselflikker handelte. Genauso sahen sie aus, bärtig und langhaarig, so daß Kinder bei ihrem Anblick fast zu Tode erschraken.

„Geht es Mama gut?"

„Möcht ich doch annehmen. Aber sie braucht ein paar Sachen. Wolldecken unter anderem. Manchmal wird es ganz schön ungemütlich, wenn man auf der Landstraße unterwegs ist. An einem Tag wie heute zum Beispiel ..."

„Fährt Mama mit euch durch die Gegend? Hilft sie euch beim Kesselflicken?"

Er lachte. „Diese Kunst beherrscht sie allerdings nicht. Aber Messer und Scheren schleifen, das kann sie gut. Und die Arbeit gefällt ihr. Sie reist gerne durch die Lande, wenigstens, solange schönes Wetter ist. Sonst ist sie ziemlich verweichlicht, um nicht zu sagen, verwöhnt ..."

„Hustet sie sehr viel?"

„Husten? Warum sollte sie husten? Allerdings wäre das bei diesem Wetter kein Wunder."

„Kommt sie bald zurück?"

„Nicht daß ich wüßte. Sie fühlt sich bei uns wohl. Wir

in unserer Familie können es nicht ertragen, gebunden zu sein."

„Ist Mama denn mit Ihnen verwandt!"

Er lachte wieder. „Das kann man vielleicht so nennen ... Wenigstens weitläufig."

Miranda stieg auf ihr Fahrrad. Mehr wollte sie nicht hören. Jetzt wußte sie Bescheid. Mama würde nie zurückkomen. Sie gehörte zu den Kesselflickern, und für die hatte sie ja schon immer eine besondere Schwäche gehabt. Jetzt war sie glücklich.

„Bitte grüßen Sie Mama von mir", rief sie. „Und sagen Sie ihr, daß es Eva-Lisa gutgeht."

Das Meer

Miranda saß im Zug. Es war ein heißer, sonniger Tag, und es half nicht viel, daß das Fenster offen war. Die Menschen im Abteil hatten rote, erhitzte Gesichter und wischten sich fortwährend den Schweiß von der Stirn. Miranda schwitzte nicht, aber warm war ihr trotzdem. Doch was machte das schon aus, wenn man bald im Meer baden konnte.

Sie versuchte sich vorzustellen, was das wohl für ein Gefühl sein würde. Sicher ließ es sich nicht mit der Badeanstalt oder mit dem Waldsee beim Eselsberg vergleichen. Gull hatte versucht, ihr den Unterschied zwischen Salzwasser und Süßwasser zu erklären. Das Salzwasser trägt einen, hatte Gull gesagt. Und das war ein Glück, denn Miranda hatte große Schwierigkeiten, sich über Wasser zu halten. Sie hatte nie ordentlich schwimmen gelernt. Gull hatte versucht, es ihr im Schwimmbecken der Badeanstalt beizubringen, aber ohne großen Erfolg.

Miranda ließ sich alles durch den Kopf gehen, was sie hinter sich gelassen hatte. Das Bild mit der Aussicht, das noch nicht fertig war. Lovisa, die jemanden brauchte, der auf Eva-Lisa aufpaßte, während sie webte. Sie mußte ja an dem Bild für den Wettbewerb arbeiten. Und dann die Kunstausstellung in der Turnhalle, die der Goldschmied vorbereitete und für die er Mirandas Hilfe brauchte. Mehrere Jugendliche hatten sich dafür gemeldet. Ein Junge, der Holzfiguren schnitzte. Ein Mädchen, das Arbeiten aus Birkenrinde herstellte. Ein blindes Mädchen, das besonders schöne Quirle und Besen machen konnte. Ein behinderter Junge, der Tischdecken mit selbstentworfenen Mustern bestickte. Niemand hätte geahnt, daß es so viele junge Talente in der Stadt gab.

Und dann Otto. Er würde seine Kommode ausstellen. In der Berufsschule hatte er dafür die beste Note bekommen. Albert konnte stolz sein auf seinen Sohn. Otto würde ein guter Schreiner werden.

Vielleicht hätte sie doch nicht verreisen sollen, bei den vielen Aufgaben, die auf sie warteten. Aber die

5 4784-12

Großeltern hatten inzwischen die Geduld verloren. Großvater hatte geschrieben, daß er kommen würde, um sie zu holen, wenn sie nicht bald käme. Schließlich wären sie schon alt. Und niemand könne wissen, wieviel Zeit ihnen noch vergönnt sei. Ihr einziges Enkelkind müsse ihnen die Freude machen und sie besuchen, solange sie noch rüstig seien.

Lovisa hatte dasselbe gesagt. Sie hatte Mirandas Kleider in Ordnung gebracht und ihr neue weiße Stoffschuhe und schön gestreifte Kniestrümpfe gekauft, passend für einen Badeort. Die Großeltern verbrachten nämlich jeden Sommer einen Monat am Meer.

„Wie wirst du ohne mich mit allem fertig werden? Wo Eva-Lisa doch so viel Arbeit macht", hatte Miranda zu Lovisa gesagt.

„Mach dir keine Sorgen. Eva-Lisa ist so ein braves Kind. Und außerdem schaut Albert ja alle naselang herein. Das ist eine große Hilfe."

Miranda hatte nichts darauf erwidert. Das mit Albert machte ihr Sorgen – der hatte offensichtlich nichts anderes zu tun, als sich in Oberkirschberg herumzutreiben. Was wohl der Holzhacker, der hilfsbereite Anders von Backelid, davon hielt? Hoffentlich wurde er nicht eifersüchtig. Zum Glück war Anders nicht besonders hitzköpfig ...

Doch Miranda hatte jetzt alle Sorgen hinter sich gelassen. Plötzlich strich ein eigenartiger Duft durchs Zugfenster herein. Ein Duft, der ihr ganz fremd war. Zu

Beginn der Reise hatte es nach Wäldern und Wiesen gerochen, nach Sommerdüften, an die Miranda gewöhnt war. Aber diesen Duft kannte sie nicht. Ob er wohl vom Meer kam?

Sie ging auf den Korridor hinaus und stellte sich ans offene Fenster. Die Landschaft war offen und hell. Mageres Gras und Felsen. Und weit hinter dem vibrierenden Sonnenglast ahnte sie das Meer. Von dort kam der eigenartige Geruch. Sie atmete die Luft ein und schloß die Augen. Bald würde sie das Meer sehen.

Was hatte Gull einmal vor langer Zeit gesagt? Das Meer ist das Schönste, was es gibt. Es hört nie auf und hat die verschiedensten Farben: Blau, Grün, Grau und manchmal beinahe Schwarz. Das Meer ist nie wirklich ruhig. Auch wenn kein Wind weht, bewegt sich das Meer in weichen, schaukelnden Wellen.

„Wunderbares Meer", flüsterte Miranda. „Ich werde dich mit meinen allerschönsten Farben malen."

Dann hielt der Zug, sie raffte ihre Sachen zusammen und trat auf den Bahnsteig hinaus. Da standen ihre Großeltern in hellen Sommerkleidern. Und sie strahlten vor Glück.

So sind Jungs nun mal

Miranda packte ihre Sachen in ihrem Zimmer aus – einer kleinen Dachkammer mit Aussicht auf einen Tennisplatz, ein paar alte Häuser und dahinter das Meer. Sie konnte es kaum erwarten, es aus der Nähe zu sehen. Sie wollte am Meeresstrand auf und ab gehen. Ob das Wasser wohl gleich sehr tief war und der Untergrund sandig wie im Waldsee? Gab es dort steile Felsen, an denen man hinunterklettern mußte?

Bald würde sie es wissen. Sie wollte allein sein, wenn sie dem Meer begegnete. Hoffentlich konnte sie entwischen, ohne daß die Großeltern es merkten. Sie hatten gesagt, daß sie ein Weilchen vor dem Abendessen ausruhen wollten. Vielleicht schliefen sie schon.

Miranda und die Großeltern wohnten in einer alten Villa bei einer Witwe, die Zimmer an Sommergäste vermietete. Die Witwe wohnte mit einer alten Hausangestellten und dem Hund Torsten im Erdgeschoß. Die Gäste wohnten im ersten Stock. Auf dem Dachboden gab es noch zwei weitere Zimmer. Wer hier wohnte, wußte Miranda nicht. Hoffentlich ein Mädchen in ihrem Alter.

Mirandas Zimmer war einfach möbliert. Bett, Kommode, ein Tischchen und zwei Stühle. Neben ihrer Kammer gab es noch einen kleinen Waschraum.

Leise schlich Miranda die knarrende Treppe hinunter. Das Haus wirkte ausgestorben. Vielleicht schliefen alle um diese Zeit. Um sechs wollten die Großeltern sie im Kurhaus zum Essen einladen. Zu einem Festessen, wie Großvater gesagt hatte. Sie wollten Mirandas Ankunft feiern. Normalerweise aßen sie in einer Pension. Ein Kurhaus war etwas Extrafeines, das war Miranda klar.

Rasch eilte sie durch einen lauschigen Garten und zum Gartentor hinaus. Sie ging am Tennisplatz vorbei, auf dem ein paar Jungen spielten. Ein Weilchen blieb sie stehen und sah ihnen zu. Bisher hatte sie noch nie jemanden Tennis spielen gesehen. Das machte bestimmt Spaß. Sie spürte, daß sie es schaffen würde, mit einem Schläger in der Hand auf einem Platz hin und her zu rennen und auf wollige weiße Bälle zu schlagen. Die Jungen spielten schlecht, verpaßten die Bälle oder schlugen sie so zurück, daß sie außerhalb der Linien aufprallten. Als sie sich beobachtet fühlten, strengten sie sich an und schlugen fester zu, trafen aber noch häufiger daneben. Miranda lachte und ging weiter. Nein, sie ging nicht, sie rannte.

Je mehr sie sich dem Meer näherte, desto intensiver wurde der wundervolle Duft. So also roch das Meer – geheimnisvoll, verlockend. Rasch eilte sie an den Häusern vorbei, die ihr die Sicht versperrten, und dann lag das Meer vor ihr. Sie blieb stehen und holte tief Luft.

Welch ein Anblick! Nichts als Wasser, soweit das Auge reichte. Still und blau mit ruhigen, weichen Wellen. Ja, vielleicht nicht einmal Wellen, sondern eher ein sachtes Wogen. Hier gab es alles: Felsen, Gras, Sand. Sie zog die Schuhe aus und lief auf den Strand hinaus. Direkt am Wasser gab es nur Sand, weichen, feuchten Sand, den die Wellen etwas uneben gemacht hatten.

Sie watete ins Wasser hinaus. Am liebsten hätte sie sich die Kleider vom Leib gerissen und sich ins Meer gestürzt. Hier konnte sie bestimmt schwimmen, die sanften Wellen würden sie tragen. Sie sah sich um. Ein paar Menschen lagen im Gras. Weiter hinten erstreckte sich ein langer Sandstrand mit vielen Leuten. In der anderen Richtung sah sie ein großes Badehaus, das auf hohen Pfählen im Wasser stand. Ein langer Steg führte zu ihm hinaus. Hier gab es Bademöglichkeiten für alle. Aber ohne Badeanzug konnte man nicht baden.

Miranda zog ihr Kleid über die Knie hoch und watete im durchsichtigen Wasser umher. Am liebsten hätte sie laut gesungen. So glücklich war sie bestimmt noch nie gewesen.

„Hast du keinen Badeanzug?“

Miranda fuhr zusammen und drehte sich um. Vor ihr stand ein Mädchen in ihrem Alter, das schönste Mädchen, das sie je gesehen hatte. Sie hatte einen roten Badeanzug an und auf dem Kopf eine weiße Bademütze.

„Ich hab meinen Badeanzug noch nicht ausgepackt", erklärte Miranda. „Bin vorhin erst angekommen."

„Ich habe zwei Badeanzüge dabei. Wenn du jetzt gleich baden willst, kann ich dir einen leihen."

„Oh, vielen Dank! Ich halte es vor Hitze fast nicht mehr aus."

Sie folgte dem Mädchen ein Stück weit auf dem Strand. Auf einem Badetuch unterhalb eines großen Felsblocks lag ein schlaksiger Junge auf dem Bauch, das Gesicht in den Armen vergraben. Er bewegte sich nicht, als sie sich näherten. Vielleicht schlief er. Das Mädchen kramte in einer großen Stofftasche direkt neben seinem Kopf und holte einen schwarzen Badeanzug heraus.

„Eine Bademütze kann ich dir nicht leihen, weil ich nur eine hab."

„Ich brauche keine. Ich habe noch nie eine gehabt."

„Dann hast du nur in Süßwasser gebadet. Salzwasser tut den Haaren nicht gut."

„Meine Haare halten alle Arten von Wasser aus", rief Miranda und verschwand hinter dem Felsen. Hier mußte man flink sein, wenn man sich umzog. Ringsum lagen Leute. Aber Miranda war es gewöhnt, rasch in die Kleider zu fahren und sie ebenso rasch wieder abzustreifen. Kurz darauf trat sie in dem schwarzen Badeanzug hervor. Inzwischen hatte sich der Junge hingesetzt. Es war deutlich zu erkennen, daß die beiden Geschwister waren. Sie lächelten Miranda mit schmalen, zusammengekniffenen dunklen Augen an.

Miranda wurde verlegen.

„Wollen wir ins Wasser?" fragte das Mädchen. „Das ist dann heute das fünfte Mal für mich."

„Ich komme auch mit", sagte der Junge und wandte sich Miranda zu. „Wie heißt du?"

„Miranda."

„Komischer Name. Hat man dich nach einer Katze benannt?"

Auf so eine dumme Frage antwortete Miranda nicht.

„Ich heiße Veronika", sagte das Mädchen. „Und mein Bruder heißt Ronald. Aber so nennt uns nur unser Vormund. Alle anderen sagen Vera und Ronnie. Wir sind Zwillinge."

„Wieso habt ihr einen Vormund?"

„Der vertritt unsere Eltern. Komm, los ins Wasser!" rief Vera und lief voraus. Miranda kam hinterher, gefolgt von Ronnie.

„Mach dir nichts draus, wenn mein Bruder dich ärgert", sagte Vera. „Ich bin es schon gewöhnt."

„Ich bin es auch gewöhnt", sagte Miranda. „Ich hab einen Bruder, der mich andauernd ärgert. So sind Jungs nun mal."

Und dann schwamm sie, und es ging ganz einfach. Gull hatte recht gehabt. Im Meer zu schwimmen war viel einfacher. Sie konnte sogar auf dem Rücken schwimmen. Ganz still lag sie auf dem Wasser und blickte in den Himmel hinauf, wo ein paar flauschige kleine Wolken durchs Blau segelten.

So sollte es immer sein, dachte sie. Und wie schön, daß ich so schnell eine Freundin gefunden habe, eine, die mir gefällt. Ihr dummer Bruder ist mir egal!

Tanz, Püppchen, tanz!

Die Großeltern gingen mit Miranda ins Kurhaus, Großvater, aufrecht und rüstig voran. Der Oberkellner führte sie an einen Fenstertisch, der für drei gedeckt war, mit Blumen und kunstvoll gefalteten Servietten. Der Oberkellner rückte den Stuhl für Großmutter zurecht, damit sie Platz nehmen konnte. Miranda setzte sich rasch hin, bevor er nach ihrem Stuhl greifen konnte. Sie hatte noch nie Hilfe beim Hinsetzen gebraucht.

„Schön sieht das aus", sagte der Großvater zum Oberkellner. „Wenn man Besuch von seiner Enkelin bekommt, muß das gefeiert werden."

Der Oberkellner lächelte Miranda zu. Sie fühlte sich wie eine Prinzessin. Das hier war noch feiner als die Einladungen in *Ellen-Hill*. Aber so ängstlich wie damals fühlte sie sich nicht. Die Großeltern würden ihr helfen, wenn sie mit den Tischsitten Probleme bekäme.

Und Hilfe brauchte sie tatsächlich. Sie hatte noch nie Hummer gegessen. Ab und zu hatte sie ein paar Krebse probiert, die Otto im Waldsee gefangen hatte. Aber die hatten ihr nicht geschmeckt. Und es war schwierig gewesen, aus den harten Schalen etwas herauszupulen. Hummer war noch schlimmer. Ein halber Riesenkrebs lag auf ihrem Teller. Wie sollte sie damit umgehen? Ihre Großeltern schauten sie vergnügt an.

„Das hier kommt dir bestimmt etwas komisch vor", meinte die Großmutter. „Aber irgendwann muß das erste Mal sein. Wir werden es dir zeigen."

Miranda fiel das Lernen leicht, abgesehen von Mathematik. Sie begriff rasch, wie man die ungewohnte schmale Hummergabel handhabte. Zögernd steckte sie den ersten Bissen Hummer in den Mund und kaute nachdenklich, während die Großeltern sie voller Spannung beobachteten. Sie würden wohl sehr enttäuscht sein, wenn ihr der Hummer nicht schmeckte. Miranda beschloß zu lügen, falls es nötig sein sollte.

Doch es war nicht nötig. Sie lächelte die Großeltern an.

„Na?" fragte der Großvater.

„Lecker", sagte sie. „Hummer ist wie das Meer. Geheimnisvoll und verlockend."

„Das haben wir uns fast gedacht", sagte die Großmutter. „Wir ahnten, daß du keine Angst vor neuen und ungewohnten Dingen hast."

Miranda schwieg und überlegte. Sie hatte tatsächlich viel erlebt, das neu und ungewohnt war. Es war wie ein Traum, daß sie hier in diesem schönen Haus am Meer saß und die Enkelin dieses freundlichen alten Paares war. Im letzten Sommer hatte sie nicht einmal gewußt, daß es die beiden gab. Sie sah ihre Großeltern strahlend an. „Ich hab euch so lieb", sagte sie.

Der Großmutter traten Tränen in die Augen, und Großvater strich Miranda über die Hand. „Du hast uns sehr glücklich gemacht", sagte er.

„Es ist wie ein Traum", meinte die Großmutter.

Und dann aßen sie weiter. Miranda sah sich um. Überall saßen fröhliche Menschen an blumengeschmückten Tischen und aßen und tranken. Stimmen und Gelächter erfüllten den großen Saal, dessen Fenster aufs Meer hinaus gingen. Ein kleines Orchester ließ sich auf einem Podium in der Ecke nieder und begann seine Instrumente zu stimmen. Bald darauf erklang eine Musik, wie Miranda sie noch nie gehört hatte. Das war etwas anderes als die Tanzweisen der Klavierlehrerin in der Turnhalle oder die Orgelmusik in der Aula bei der Morgenandacht. Diese Musik hier machte einen froh.

„Ein gutes Trio", sagte der Großvater. „Geige, Kontrabaß und Klavier."

„Was spielen sie?" fragte Miranda.

„Gewöhnliche Unterhaltungsmusik. *Persischer Markt* heißt das Stück."

„Wenn das Essen zu Ende ist, zieht die Musik um in den Salon", erklärte die Großmutter. „Dort gibt es dann Tanz für die Jugend. Das ist etwas für dich, mein Kind."

Miranda wurde ängstlich. Sie interessierte sich nicht

für Tanz in irgendwelchen Salons. Tanzen war auch nicht ihre starke Seite.

„Ich hab nichts fürs Tanzen übrig", sagte sie.

„Unsinn", sagte die Großmutter. „Natürlich gehst du hin. Zweimal die Woche ist hier Tanz für die Jugend, mittwochs und samstags. Und heute ist Mittwoch. Das mußt du ausnützen. Tanzen kann man nie genug. Wir begleiten dich. Und alten Leuten macht es Spaß, der Jugend beim Tanzen zuzuschauen."

Miranda sagte nichts. Es konnte ja sein, daß es den alten Leuten Spaß machte, aber nicht alle jungen Leute tanzen gern. Und am allerschlimmsten war es, wenn andere dasaßen und zuschauten. Sie würde sich bestimmt blamieren, die falschen Schritte machen, nicht kapieren, ob es Walzer, Foxtrott oder sonst was war. Außerdem würde sie gar nicht erst aufgefordert werden, und das wäre noch schlimmer. Die Großeltern müßten dann dasitzen und sich für ihre Enkelin schämen, mit der niemand tanzen wollte. Nein, sie hatte nicht vor, zu diesem Salontanz zu gehen.

Jetzt konnte sie sich gar nicht mehr so freuen wie vorhin, weder über das kleine Stückchen Fleisch, das einen so erlesenen Namen hatte, daß sie ihn nicht aussprechen konnte, noch über das schöne, mit Erdbeeren verzierte Eis. Sie mußte sich etwas ausdenken, um sich vor dem Tanzen drücken zu können.

„Mit diesem Kleid kann ich unmöglich in einem Salon tanzen", sagte sie.

„Dein Kleid ist genau richtig", erwiderte die Großmutter. „Für diese Tanzveranstaltung braucht man sich nicht besonders feinzumachen. Die jungen Leute kommen in ihrer normalen Sommerkleidung. Aber natürlich werden wir versuchen, für den nächsten Tanzabend etwas Hübsches für dich zu finden. Hier gibt es zwar nicht allzu viele Geschäfte, aber das, was sie haben, ist meistens geschmackvoll."

„Ich habe genug Kleider mit", sagte Miranda. „Aber Lovisa und ich haben dabei nicht ans Tanzen gedacht."

„Gerade ans Tanzen muß man in deinem Alter denken", sagte Großmutter.

Der Großvater lachte. „Großmutter konnte tanzen!" sagte er. „Du hättest sie sehen sollen. Ein richtiges Tanzpüppchen. Und du siehst ihr ähnlich, mein Kind. Mach es deiner Großmutter nach. Tanz, Püppchen, tanz ..."

Ball im Salon

Es war fast noch schlimmer, als Miranda es sich vorgestellt hatte. Der Salon war ein riesiger Saal mit Bänken an den Wänden, auf denen Erwachsene und Kinder saßen. An der einen Längsseite ging der Saal in einen Raum über, in dem Tischchen und Stühle standen. Dort saßen fast ausschließlich ältere Personen. Nur an einem einzigen Tisch sah sie junge Leute. Es waren die Zwillinge vom Badestrand. Sie waren in Begleitung einer Dame, die streng und ernst aussah.

Miranda saß mit Großmutter und Großvater an der einen Längswand. Als sie hereingekommen waren, wurde bereits fleißig getanzt. Der Saal war voller tanzender Paare. Hier war niemand schüchtern. Kleine Buben forderten mit einer höflichen Verbeugung kleine Mädchen auf, die bestimmt noch mit Puppen spielten. Wie kleine Erwachsene bewegten sie sich auf dem Parkett.

Miranda wollte weg von hier, hinunter zum Strand. Wozu in einem langweiligen Saal hocken und Kindern beim Tanzen zuschauen, wenn man am Meer sein konnte? Alle schienen einander zu kennen. Niemand würdigte sie auch nur eines Blickes.

„Wenn du willst, kann ich mit dir tanzen", schlug der Großvater vor.

Miranda erstarrte. Mit einem alten Herrn zu tanzen, das wäre schlimmer als alles andere.

„Großvater ist ein guter Tänzer", sagte die Großmutter lächelnd. „Einen besseren Kavalier kannst du dir gar nicht wünschen."

„Ich will nicht tanzen", sagte Miranda trotzig. „Es reicht, wenn ich zugucke."

Jetzt war die Tanzfläche leer. Die Musiker machten eine Pause. Miranda schaute zu den Zwillingen hinüber. Sie sahen gelangweilt aus. Vera hatte die

Ellbogen auf den Tisch und den Kopf in die Hände gestützt. Ronnie saß nach hinten gelehnt auf seinem Stuhl und schaute an die Decke. Vielleicht waren sie von der strengen Dame ebenfalls gezwungen worden, hierherzukommen. Vielleicht wären sie ebenfalls lieber am Meer.

Plötzlich richtete Ronnie sich auf und sah zu Miranda rüber. Er flüsterte Vera etwas zu. Sie hob die Hand und winkte.

„Hast du hier Bekannte?" fragte die Großmutter.

„Ich kenne sie kaum. Hab sie am Strand getroffen."

„Du scheinst schnell Bekanntschaften zu schließen", sagte die Großmutter.

„Nein, gar nicht. Aber manchmal lernt man Leute kennen, ohne es eigentlich zu wollen."

„Das ist die Baronin Friesenspetz", erklärte der Großvater. „So, so, du bist also schon mit der Aristokratie bekannt."

Miranda wußte nicht, was Aristokratie war. Offenbar etwas Feines, Großvater klang nämlich beeindruckt. Sie kauerte sich zusammen, weil das Orchester jetzt wieder zu spielen begann.

Ronnie stand auf und durchquerte den Saal. Was sollte sie nur tun, wenn er sie aufforderte? Und wenn es ein Tanz war, den sie nicht konnte? Es war lange her, seit sie getanzt hatte. Wenn es ein Foxtrott war, konnte sie sich an keinen einzigen Schritt mehr erinnern.

Ronnie verbeugte sich zuerst vor der Großmutter

und dann vor dem Großvater. Schließlich machte er vor Miranda eine Verbeugung. „Darf ich bitten?"

Miranda wollte nein sagen. Sie schielte zu ihrer Großmutter hinüber, doch die strahlte übers ganze Gesicht. Fast so, als ob sie selbst aufgefordert worden wäre.

Miranda stand schließlich auf.

Ein Glück, daß der Saal voller tanzender Paare war, da würden die Großeltern vielleicht nicht bemerken, wie schlecht sie tanzte. Ronnie legte ihr den Arm um die Taille und tanzte mit ihr davon. Steif und ungeschickt trat sie ihm auf die Zehen. Er sah sie erstaunt an.

„Setzen wir uns lieber", flüsterte Miranda. „Ich kann nicht tanzen. Du hättest mich nicht auffordern sollen."

Ronnie schien sich das gleiche zu denken. Aber er ließ nicht locker, sondern hielt sie fest und versuchte sie mitzuziehen. Das half trotzdem nichts. Miranda hatte alles vergessen, was sie gelernt hatte.

Ronnie nahm sie schließlich an die Hand und steuerte auf die Tür zu. Draußen auf der Terrasse blieb er stehen. Nach dem hellen Tanzsaal wirkte der dämmrige Sommerabend beinahe dunkel. Niemand saß auf den weißen Stühlen hier draußen. Sie setzten sich einander gegenüber an einen runden Tisch. Miranda war den Tränen nahe und gleichzeitig auch ein wenig verärgert. Sie hatte nicht darum gebeten, aufgefordert zu werden. Das hatte Ronnie sich selbst zuzuschreiben.

„Kannst du wirklich nicht tanzen?" fragte er.

„Ich dachte, ich könnte es. Früher einmal hab ich es gekonnt. Aber ich hab alles vergessen."

„Hast du Angst vorm Tanzen?"

„Ja ..., wenn andere Leute zugucken. Wenn wir allein gewesen wären, hätte es vielleicht geklappt. Was haben wir überhaupt getanzt?"

Er lachte. „Das möchte ich auch gern wissen. Zuerst dachte ich, es sei ein Foxtrott. Aber dann ist was anderes daraus geworden."

„Du darfst mich nie mehr auffordern."

„Das kann ich nicht versprechen."

Plötzlich stand Vera vor ihnen. „Wo seid ihr abgeblieben? Tante Henriette hat nach euch gefragt."

„Das siehst du doch", erwiderte Ronnie. „Wir sind hier. Und Tante Henriette geht das überhaupt nichts an. Richte ihr das aus."

„Kannst du selbst tun. Es ist besser, wenn ihr jetzt reingeht. Mirandas Großeltern sehen besorgt aus. Die können bestimmt jeden Moment hier auftauchen."

Miranda stand auf. „Ich will nach Hause", sagte sie. „Ich passe nicht in Tanzsalons."

„Kommst du morgen mit uns an den Strand?" fragte Vera.

„Kann sein."

„Wir sind jeden Tag dort", sagte Vera. „Du mußt kommen."

„Ich komme", versprach Miranda und lief rasch in den Tanzsaal zurück.

6 4784-12

Die Großeltern schauten sie ernst an.

„Wo bist du nur geblieben?“ fragte die Großmutter. „Es machte nicht gerade einen guten Eindruck, als du mit diesem Jungen verschwunden bist. Das schickt sich nicht. Seine Tante sah geradezu schockiert aus.“

„Ich hatte keine andere Wahl“, sagte Miranda. „Ich kann ja nicht tanzen.“

„Liebes Kind, du mußt unbedingt einen Tanzkurs machen“, sagte die Großmutter. „Ein Mädchen, das nicht tanzen kann ...“

„Ich werde es ihr beibringen“, schlug der Großvater vor.

„Aber nicht heute abend“, sagte Miranda erschrokken. „Jetzt möchte ich lieber heimgehen, bevor noch jemand kommt und mich auffordert.“

„Da besteht wohl keine Gefahr, solange du so wütend aussiehst“, meinte der Großvater.

Die Großmutter stand auf. „Am Samstag kommen wir wieder her. Bis dahin hat Miranda ein neues Kleid. Und vielleicht kann sie dann auch tanzen.“

Damit marschierten sie aus dem Saal, Großvater zuerst und Miranda am Schluß.

Drei im selben Boot

Am liebsten hätte Miranda irgendwo gebadet, wo sie ungestört war. Sie wollte das Meer für sich allein haben. In einer Stofftasche, die die Großmutter ihr geliehen hatte, hatte sie außer den Badesachen auch ihren Skizzenblock und Stifte mitgebracht. Die Großmutter erinnerte sie an die Bademütze. Genau wie Vera behauptete sie, Salz sei nicht gut für die Haare. Doch das war Miranda egal. Das herrliche Salz des Meeres, das konnte ihr doch nichts anhaben!

Die Großmutter wollte sie zur Badeanstalt mitnehmen. Aber Miranda hatte keine Lust, in einem Becken zu schwimmen, wenn das ganze Meer draußen auf sie wartete. Sie kam zeitig an den Strand. So früh am Morgen war es hier fast leer. Die Zwillinge waren auch noch nicht zu sehen. Sie ließ sich so nah wie möglich am Wasser nieder, suchte sich einen großen Stein als Rückenlehne aus und begann ihre Sachen auszupakken.

Rasch war sie in den Badeanzug geschlüpft, ein schöner grüner, den Lovisa ihr gekauft hatte. „Du wirst wie eine Seejungfrau aussehen", hatte Lovisa gesagt. „Bald wirst du im Meer baden, ist das nicht unglaublich?"

„Du könntest mitkommen", hatte Miranda gesagt.

„Ich glaube kaum, daß deine Großeltern sich das so vorgestellt haben."

„Ein anderes Mal fahren wir beide allein hin."

Lovisa hatte gelächelt, aber nichts darauf erwidert. Vielleicht war es zu teuer, ans Meer zu fahren und bei fremden Leuten zu wohnen. Aber irgendwann würden sie es sich leisten können, wenn sie sparsam lebten. Und wenn sie mit dem gewebten Bild den Wettbewerb gewinnen würden. Dann hätten sie Geld.

Miranda ging ins Meer hinaus, bis das Wasser ihr bis an die Hüften reichte. Da stürzte sie sich hinein. Es war herrlich. Nichts als Sonne und Meer und das Schreien der Möwen. Sie schwamm am Strand entlang, es ging ganz leicht. Das Meer und ich, dachte sie, das ist das Glück.

Plötzlich hörte sie Stimmen. Die Zwillinge standen am Strand und schauten zu ihr hinaus.

„Schön, daß du gekommen bist", rief Vera. „Ich bin auch gleich im Wasser."

Miranda drehte sich auf den Rücken, schloß die Augen und ließ sich von den Wellen schaukeln. Sie wollte nicht reden. Das würde den Zauber brechen. Vera kam angeplanscht und legte sich neben sie. Gleich darauf schnaubte Ronnie lachend heran.

„Hallo Tänzerin!" rief er.

Auch darauf antwortete Miranda nicht. Sie hoffte, daß die Zwillinge bald genug vom Baden hätten und nach Hause gingen. Sie schwamm zurück zum Strand.

Die beiden anderen blieben im Wasser.

„Was ist denn mit dir los?“ rief Vera. „Bist du stumm geworden?“

„Wenn ich beim Schwimmen rede, bekomme ich Wasser in den Mund.“ Sie hüllte sich in das Badetuch, das die Großmutter ihr geschenkt hatte, und setzte sich neben ihren Stein. Sobald ihre Finger erst trocken wären, würde sie anfangen zu zeichnen. Hoffentlich würden die Zwillinge den Mund halten und sie in Ruhe arbeiten lassen. Vor allem hoffte sie, daß sie die Tanzerei im Salon nicht erwähnen würden. Bestimmt hatte Ronnie seiner Schwester erzählt, wie schlecht sie tanzte.

Als Miranda ihren Zeichenblock hervorgeholt hatte, kamen die beiden aus dem Wasser. Sie nahmen keinerlei Rücksicht und stellten sich so nah neben Miranda, daß Wasser auf den Block tropfte.

„Was willst du zeichnen?” erkundigte sich Vera.

„Das Meer“, sagte Miranda.

„Was gibt's da schon zu zeichnen?” fragte Ronnie. „Nichts als glattes Wasser. Hast du keine Farben?“

„Zuerst muß ich es skizzieren. Und das Meer ist nicht glatt. Siehst du nicht, daß es sich bewegt? Siehst du das Schiff dort draußen? Und die Insel, die wie ein Strich aussieht? Und die Felsen am Ufer? Und das Gras und die Möwe auf dem Steig? Hier am Meer gibt's viel zu zeichnen.“

Die Zwillinge verstummten. Sie schlüpften in ihre

Bademäntel. Dann setzten sie sich links und rechts von Miranda hin.

Wie sollte sie da zeichen können, wenn sie die ganze Zeit auf ihren Block starrten?

„Zeichnest du immer? fragte Vera.

„Sehr oft. Es gibt so vieles, was man abzeichnen kann."

„Zeichnest du auch Menschen?" fragte Ronnie.

„Das ist schwierig, aber ich versuche es. Euch zwei in euren schönen Bademänteln würde ich gern malen. Du in Blau und Vera in Rot, und dahinter das Meer."

„Mach's doch", forderten beide sie auf.

„Ein andermal. Zuerst muß ich mit dem Meer fertigwerden.
Wasser malen ist schwierig. Und dazu braucht man Ruhe. Sonst geht es nicht."

Die Zwillinge zogen sich rasch ein paar Schritte von ihr zurück.

Nach einer Weile fragte Vera vorsichtig: „Wann hast du Zeit, mit uns zusammenzusein?"

„Jetzt gleich", antwortete Miranda und legte den Zeichenblock hin. „Das Meer kann warten."

Sofort rückten die Geschwister näher.

„Schön, daß du hier bist", sagte Vera. „Wir kennen fast keine Gleichaltrigen, weil wir so streng bewacht werden."

„Wer bewacht euch denn?"

„Die Hexe", antwortete Ronnie.

„Ist das die Frau, die gestern mit euch beim Tanzen war?"

Sofort bereute Miranda ihre Frage. Übers Tanzen hatte sie ja nicht sprechen wollen.

„Ja, das ist sie", sagte Vera. „Das ist unsere Tante. Sie ist auch unser Vormund."

„Warum seid ihr mit hier, wenn ihr sie nicht leiden könnt?"

„Wir haben keine andere Wahl", erklärte ihr Ronnie. „Wir müssen jeden Sommer bei ihr verbringen. Das paßt ihr zwar überhaupt nicht, aber es bleibt ihr nichts anderes übrig."

„Warum bleibt ihr nichts anderes übrig?"

„Weil wir Wanderkinder sind. Im Winter wohnen wir in Stockholm bei einer anderen Tante."

„Außer an Weihnachten", fügte Vera hinzu. „Da sind wir in Norwegen bei Onkel Harald und Tante Regina."

Miranda schwieg nachdenklich. Sie war froh, daß sie kein Wanderkind war. „Und was macht ihr an Ostern?"

„Das wird von Mal zu Mal entschieden."

„Habt ihr denn keine Eltern?"

„Mama starb bei unserer Geburt, und Papa war kränklich und starb bald darauf", sagte Vera. „Vielleicht aus Kummer. Plötzlich stand die Verwandtschaft mit zwei winzigen Babys da und wußte nicht, was sie mit ihnen anfangen sollte. Niemand wollte uns für immer zu sich nehmen. Und niemand hat uns gern ... höchstens vielleicht Großmutter. Aber die ist nicht ganz gesund und verkraftet uns nicht. In Brasilien haben wir einen Großvater. Mama stammt daher. Aber Großvater läßt fast nie etwas von sich hören."

„Ihr Ärmsten", sagte Miranda. „Da habe ich es besser. Aber irgendwie geht es mir ähnlich. Ich habe zwei Mütter, und die eine ist verschwunden. Meinen Vater hab ich nie gesehen. Und jetzt ist er tot. Meine Großeltern hab ich gerade erst kennengelernt."

Die Zwillinge rückten noch näher. Miranda fühlte den weichen Stoff der Bademäntel an ihren bloßen Armen. Das Badetuch war schon längst herabgeglitten.

„Wir mögen dich", sagte Vera. „Wir haben gleich gespürt, daß du was Besonderes bist."

„Wir sitzen fast im selben Boot", meinte Ronnie. „Manchmal haben wir schon daran gedacht auszureißen. Und du?"

„Irgendwann vielleicht, wenn es auf dem Eselsberg zu anstrengend wurde. Aber wo hätte ich schon hingehen können? Damals wußte ich nicht, wohin."

„Wir wissen auch nicht, wohin", sagte Vera.

„Wenn, dann höchstens nach Oberkirschberg", meinte Miranda.

„Wo liegt Oberkirschberg? Und was ist der Eselsberg? Erzähl!"

„Nachher. Zuerst möchte ich schwimmen gehen, bevor der Badeanzug trocken ist."

Und damit stürmten sie alle drei ins Wasser.

Gespenster

Eines Morgens traf Miranda die anderen Bewohner des Dachbodens. Sie stand in dem kleinen Waschraum und putzte sich die Zähne, als die Tür sachte geöffnet wurde. Ein runzliges, spitznasiges Gesicht tauchte in der Türöffnung auf. Vor Schreck hätte Miranda fast die Zahnbürste verschluckt. Ein Wesen, das wie ein Gespenst aussah.

„Entschuldigung", sagte das Gespenst. „Die Tür war nicht abgeschlossen."

„Ich bin gleich fertig", rief Miranda.

Das Gespenst zog sich zurück und schloß die Tür. Als Miranda herauskam, standen zwei Personen vor dem Waschraum. Zwei Gespenster – ein älteres und ein jüngeres. Beide mit gleich spitzen Nasen. Miranda versuchte sich an ihnen vorbeizudrücken, doch das ältere Gespenst machte einen Schritt auf sie zu.

„Wir sollten uns vielleicht vorstellen. Wir sind die Nachbarn, wir wohnen in dem anderen Dachzimmer. Ich heiße Lydia Horst, und das hier ist meine Tochter Gunda."

„Ich heiße Miranda."

„Miranda gab den beiden Gespenstern die Hand. Sie hatten magere, eiskalte Hände, ihr Händedruck war schlaff. Miranda stürzte in ihr Zimmer und fuhr in ihre Kleider. Sie eilte hinunter, um den Großeltern von der Begegnung mit den Gespenstern zu berichten.

Großvater lachte. „So, so, sind die Damen wieder da. Die kommen schon seit Jahren jeden Sommer hierher."

„Sie haben irgend etwas Seltsames an sich", sagte Miranda. „Irgendwas Unheimliches."

„Sie werden überall nur ‚Mama und Gunda' genannt", erzählte die Großmutter. „Jeden Sommer versucht die Mutter, für die Tochter einen Mann aufzutreiben. Wenn Tanzabend für Erwachsene ist, sitzen sie immer an einem Tisch direkt neben der Tanzfläche. Sie haben schon dort gesessen, als Gunda noch jung war. Und noch nie habe ich sie tanzen sehen."

„Sie geben eben die Hoffnung nicht auf", meinte der Großvater. „Eines Abends werde ich mit Gunda tanzen."

„Das läßt du schön bleiben", sagte die Großmutter. „Die Mutter würde dich nicht wieder fortlassen. Und übrigens darf man sich über die arme Gunda nicht lustig machen."

„So was dürft ihr nie mit mir tun!" sagte Miranda. „Ich werde nie in diesem Salon sitzen und darauf warten, zum Tanz aufgefordert zu werden."

„Du hast ja noch jede Menge Zeit", sagte Großvater. „Wenn dieses Jahr keiner mit dir tanzen will, können wir aufs nächste Jahr hoffen."

„Niemals!" sagte Miranda. „Ich will nicht dasitzen

und darauf warten, daß jemand mit mir tanzt. Ich schäme mich, wenn ich nur daran denke. Ich möchte selbst bestimmen, mit wem ich tanze, und nicht wie ein Idiot dasitzen und warten."

„Das haben Mädchen zu allen Zeiten tun müssen", sagte die Großmutter. „Und du wirst bestimmt tanzen dürfen."

„Ist mir doch egal!" sagte Miranda. „Ich interessiere mich nur fürs Meer. Und mit dem bin ich jetzt gleich verabredet. Ins Meer kann man reinspringen, ohne daß einen irgendwelche dämlichen Jungen auffordern."

„Du hast Format, mein Mädchen", lachte der Großvater. „Wenn ich jung wäre, würde ich ..."

„Das bist du aber nicht mehr", unterbrach ihn die Großmutter. „Jetzt mußt du dich mit einem Morgenspaziergang mit deiner Frau begnügen."

„Aber erst nach dem Frühstück", meinte der Großvater.

Miranda nahm ein Brötchen vom Tisch und rannte schnell davon, obwohl Großmutter sie daran hindern wollte. Vom Meer konnte sie nie genug kriegen. Sie wollte jeden Moment am Wasser sein, dort zeichnen, baden, sich sonnen und vielleicht mit den Zwillingen plaudern.

Während sie zum Strand lief, mußte sie die ganze Zeit an Gunda denken. Die Ärmste! Ihr einziges Ziel war, einen Mann zu finden. Fast ihr ganzes Leben hatte Gunda schon mit Warten vergeudet. So würde sie selbst nie werden. Sie würde ihr Leben alleine meistern, wie Lovisa. Allerdings hatte sie oft das Gefühl, daß Lovisa sehr gern heiraten würde. Vielleicht hatte sie das Alleinsein satt. Aber Lovisa war ja nicht allein. Sie waren zu zweit. Und zu zweit würden sie sowohl mit Oberkirschberg als auch mit Eva-Lisa fertig werden. Sie selbst würde Lovisa eine echte Hilfe sein. Der Holzhacker und Albert konnten ruhig woanders ihr Glück suchen!

Eine gute Tat

Der letzte Tag am Meer. Miranda wußte nicht, wie die Zeit reichen sollte. Sie mußte ihr Meeresbild fertig malen, weil sie Lovisa unbedingt zeigen wollte, wie schön das Meer war. Sie würde eine Menge zu erzählen haben. Inzwischen war sie ein geübter Badegast und tanzte im Kurhaus, als hätte sie nie etwas anderes getan.

Die Zwillinge folgten ihr wie zwei Schatten überallhin. Sie liebten es, Geschichten vom Oberkirschberg, vom Eselsberg und von Alberts Schreinerei zu hören. Alles, was Miranda erlebt hatte, klang in ihren Ohren wie ein spannendes Märchen. Mama bereitete ihnen Kopfzerbrechen. An die Sache mit der Schwindsucht glaubten sie nicht.

„Dann wäre sie doch geblieben, um sich behandeln zu lassen", meinte Vera.

„Bei diesen Kesselflickern muß sie doch noch viel kränker geworden sein", mutmaßte Ronnie.

„Vielleicht ist sie inzwischen tot", sagte Vera.

Miranda hatte keine Lust, ihnen zuzuhören. Hier am Meer wollte sie nicht an die Sorgen denken, die sie zurückgelassen hatte. Vielleicht war alles in diesen zwei Wochen ja von alleine in Ordnung gekommen.

Ein kräftiger Wind wehte. Das Meer stimmte nicht mehr mit Mirandas Bild überein. Auf ihrem Bild war ein stilles Meer mit ruhigen, sanften Wellen. Sie würde es aus dem Gedächtnis zu Ende malen müssen. Außerdem würden die Zwillinge sie fortwährend stören, die sehr über ihre Abreise betrübt waren.

„Eines Tages kommen wir nach Oberkirschberg und besuchen dich", versprachen sie.

„Kommt nur", sagte Miranda. „Platz genug ist da."

„Was wird wohl Lovisa sagen, wenn wir kommen?" fragte Vera.

„Die freut sich immer, wenn Besuch kommt", sagte Miranda, aber ganz sicher war sie nicht. Wie lange hätten die beiden dann vor zu bleiben? Sie wagte nicht, danach zu fragen. Bestimmt würde ihre strenge Tante sie sowieso nicht fortlassen. Doch eigentlich wollte sie die Zwillinge gern wiedersehen.

An diesem letzten Tag hatte sie noch mehr vor. Am Abend mußte sie ganz besonders hübsch aussehen, weil der Großvater im Kurhaus zum Abschiedsfest einlud. Sie würde ihr schönstes Kleid anziehen, eines, das Großmutter ihr gekauft hatte. Miranda verstand nicht viel von Kleidern, aber Großmutter wußte, was ein Mädchen an einem Badeort tragen mußte. Sie hatte Miranda mehrere Kleider gekauft. Das Kleid, das Miranda für den heutigen Abend ausgesucht hatte, war das allerschönste. Weiß mit grüner Seidenschärpe. Und ein grünes Band fürs Haar.

Großmutter war sehr zufrieden mit ihrer Enkelin. „Das Weiß zu deiner gebräunten Haut ist ganz bezaubernd", sagte sie, als sie zu dem Fest aufbrachen.

„Ich wußte gar nicht, daß meine Haut von der Sonne so dunkel wird", sagte Miranda.

„Dein Papa sah im Sommer auch immer wie ein Indianer aus", meinte der Großvater. „Möchte nur wissen, von wem er das hatte. Ich selbst bin immer ein Bleichgesicht gewesen."

„Hast du denn vergessen, wie leicht ich Farbe bekam?" warf die Großmutter ein. „Aber damals schützte ich mich mit einem Sonnenschirm. Zu meiner Zeit galt es nicht als fein, braungebrannt zu sein."

Großmutter hütete sich auch jetzt noch vor der Sonne, aber einen Sonnenschirm benützte sie nicht. Sie badete in der Badeanstalt. Miranda hatte sie ein paarmal dorthin begleitet. In der Badeanstalt sah man vor allem ältere Damen. „Mama und Gunda" pflegten auch dort zu baden. Bei Tageslicht wirkten sie genauso gespenstisch. Zwei weiße Klappergestelle in altmodischen Badeanzügen mit Röcken. Selbst in der wärmsten Sonne schienen sie zu frieren.

Auch an diesem Abend waren sie wieder im Kurhaus. Gunda in einem hellblauen Kleid mit Spitzenkragen. Ihre Haare hingen in kleinen Korkenzieherlöckchen um den Kopf. Die Augenbrauen waren geschwärzt und die Wangen rot geschminkt.

Großvater hatte für einen Tisch am Fenster gesorgt. Es war genauso festlich wie am ersten Abend. Aber Miranda konnte den Blick nicht von Gunda wenden.

„Wenn man sie so sieht, möchte man am liebsten weinen", sagte sie. „So werde ich nie dasitzen und warten."

„Du lebst in einer anderen Zeit", meinte Großmutter. „Früher mußten die Mädchen eben tanzen gehen, um einen Kavalier zu treffen. Das war ihre einzige Chance. Die Mädchen waren sehr streng behütet. Ich saß genauso da und wartete auf Großvater, das darfst du mir glauben."

„Aber da herrschte ein ordentliches Gedränge", lachte Großvater. „Genau in diesem Saal sah ich Großmutter zum erstenmal. Sie war unglaublich hübsch! Und die Kavaliere prügelten sich beinahe darum, mit ihr tanzen zu dürfen. Aber ich habe gewonnen."

„Ja, das hast du", sagte Großmutter lächelnd. „Und das war kein Wunder – so ein schneidiger junger Kadett in hellblauer Uniform."

Miranda brauchte sich weder um den Hummer noch das übrige Essen irgendwelche Sorgen zu machen. Als das Orchester zum Tanz aufspielte, stand Großvater auf und verbeugte sich vor Großmutter.

„Darf ich bitten, Gnädigste."

Miranda sah ihnen zu. Ein schönes altes Paar, schlank und aufrecht. Und wie sie tanzen konnten! Es war ihnen anzusehen, daß sie schon unzählige Male miteinander getanzt hatten. So wie Großmutter würde Miranda nie tanzen können.

„Darf ich bitten ..."

Miranda fuhr zusammen. Ein fremder Herr verbeugte sich vor ihr. Ein erwachsener Mann. Am liebsten hätte sie sich unterm Tisch verkrochen. Was sagte man, wenn man nicht tanzen wollte?" Genügte es, nur den Kopf zu schütteln? Aber dann glaubte er vielleicht, daß sie stumm war. Was sollte sie sich nur ausdenken?

Er lächelte sie an. „Willst du nicht mit mir tanzen?"

Miranda stand auf. Er bot ihr seinen Arm an und führte sie zur Tanzfläche. Wie leicht es doch war, mit einem guten Tänzer zu tanzen! Keiner der Jungen, mit denen sie getanzt hatte, hatte sie so gut geführt wie dieser Herr.

„Ich weiß, wer du bist", sagte er und lächelte sie wieder an. „Miranda von Oberkirschberg. Dein Großvater hat mir von dir erzählt."

„Kennen Sie meinen Großvater?"

„Deinen Vater habe ich auch gekannt."

Miranda blieb fast stehen. „Erzählen Sie mir bitte von meinem Vater."

„Wenn du weitertanzt."

„Wann haben Sie meinen Vater kennengelernt?"

„Sag ruhig du zu mir. Ich heiße Torulf. Dein Vater und ich waren Klassenkameraden. Und im Sommer waren wir oft hier und badeten und segelten zusammen."

„Haben Sie ... Hast du meinen Vater gern gehabt?"

„Sehr. Er war ein guter Kamerad. Vielleicht ein bißchen eigenwillig. Ging gern für sich allein und hing seinen Gedanken nach. Er konnte gut zeichnen. Machte ausgezeichnete Portraits. Ich habe eine Bleistiftzeichnung, die er von mir gemacht hat. Als wir älter wurden, verloren wir uns leider aus den Augen."

Die Musik verstummte, und Torulf begleitete Miranda an den Tisch zurück, wo die Großeltern bereits wieder Platz genommen hatten.

„Na so was, Torulf", rief der Großvater. „Setz dich doch zu uns."

„Danke", sagte Torulf. „Aber meine Freunde warten. Wir segeln heute abend noch weiter. Ich hab nur kurz hereingeschaut, um eine Kleinigkeit zu essen, und da erblickte ich dieses hübsche Mädchen, von dem du mir erzählt hattest. Daniels Tochter."

Miranda wollte ihn zurückhalten. Sie wollte mehr über ihren Vater erfahren. Und außerdem war ihr eine Idee gekommen. „Bitte", flüsterte sie ihm zu, „tanz doch einmal mit Gunda. Das wäre eine gute Tat."

Torulf sah sie erstaunt an. „Mit welcher Gunda?"

7 4784-12

„Sie sitzt jeden Sommer hier und hat wohl noch nie tanzen dürfen."

„Ach so, die ... Ja, die ist mir schon aufgefallen. Aber ich glaube, daß sie gar nicht tanzen will."

„Warum sollte sie sonst hier sitzen? Mach ihr doch die Freude."

„Wenn man jemandem mit so wenig eine Freude machen kann, sollte man es vielleicht versuchen. Aber ich bin mir nicht sicher."

Voller Spannung wartete Miranda auf den nächsten Tanz. Würde Gunda jetzt endlich tanzen dürfen?

„Wohin schaust du denn?" fragte die Großmutter. „Du vergißt ja ganz zu essen."

„Er macht es", sagte Miranda.

„Was denn?"

Miranda antwortete nicht. Sie beobachtete wie Torulf zu Gundas Tisch hinüberging. Gunda sah sehr blaß aus. Das Rot auf ihren Wangen leuchtete wie Pfingstrosen. Torulf blieb vor ihr stehen und verbeugte sich. Gunda machte ein erschrockenes Gesicht. Sie warf der Mutter einen Blick zu, und die Mutter nickte. Torulf war gutgeheißen. Da erhob Gunda sich, sank aber sofort wieder auf den Stuhl zurück. Ihre Augen wurden ganz rund und guckten starr vor sich hin, dann verdrehten sie sich, so daß nur noch das Weiße sichtbar war. Schließlich fiel sie sachte auf die Seite und landete mit dem Kopf auf der Schulter der Mutter.

„Du lieber Himmel", rief die Großmutter. „Die

Person wird doch tatsächlich ohnmächtig, wenn sie endlich einmal aufgefordert wird."

Im Saal herrschte große Aufregung. Ein paar Hausdiener kamen und trugen Gunda hinaus. Steif und aufrecht folgte die Mutter, beide Handtaschen unter dem Arm. Dann wurde ihr Tisch abgeräumt.

Vielleicht würden sie nie mehr dort sitzen.

Lovisas Bild

„Na, wie findest du das Bild? Ist es so, wie du es dir vorgestellt hast?" Erwartungsvoll und ein wenig unsicher stand Lovisa neben dem Webstuhl. Miranda schwieg. Lovisa war fleißig gewesen. Während Miranda am Meer gewesen war, hatte Lovisa den Wandteppich fast fertiggewebt.

„Es gefällt dir nicht", sagte Lovisa. „Das sehe ich dir an. Vielleicht habe ich mich nicht genug an deinen Entwurf gehalten und zuviel nach meinen eigenen Vorstellungen gearbeitet."

Miranda erkannte ihr Bild in Lovisas Werk nicht ganz wieder. Wenn ein gezeichneter Entwurf gewebt wird, verändert er sich. Die Farben werden intensiver. Auf der Skizze war alles ganz hell. Aber natürlich war das gewebte Bild gelungen. Die Köpfe der Kinder zeichneten sich wie Blumen vor dem dunklen Hintergrund ab. Das Gras zu ihren Füßen schimmerte in vielen Schattierungen. Der weiße Umhang, den Jesus trug, leuchtete gegen Gras und Himmel.

„Bist du sehr enttäuscht? Sag etwas ..." Lovisa war fast den Tränen nahe.

Miranda drehte sich um und umarmte sie. „Der Wandteppich ist wunderschön", sagte sie. „Ich freue mich darüber."

Lovisa traten die Tränen in die Augen. „Das macht mich sehr glücklich", sagte sie. „Ganz egal, ob er einen Preis kriegt oder nicht. Hauptsache, du bist zufrieden."

„Du bist wirklich eine Künstlerin", sagte Miranda. „Wer das nicht begreift, ist dumm. Und das werde ich jedem sagen."

„Ausgerechnet du, die kaum den Mund aufmacht, wenn Fremde da sind", lachte Lovisa. „Traust du dich überhaupt hin mit dem Teppich? Übrigens wirst du jetzt gleich alle Hände voll zu tun haben. Der Goldschmied hat sich mit seiner Ausstellung mächtig ins Zeug gelegt und wartet ungeduldig auf dich. Inzwischen hat er eine ganze Reihe junger Leute aufgetrieben. Die Turnhalle wird proppenvoll. Jetzt will er wissen, was du von deinen Sachen ausstellen wirst."

„Ich hab nichts, das gut genug ist."

„Das bildest du dir bloß ein. Der Goldschmied hat bereits einiges zusammengetragen. Er hat Schränke und Truhen ausgeliehen, die du bemalt hast. Den Erzengel Gabriel hat er auch aufgehängt, soviel ich weiß."

„Der ist doch nicht gut. Inzwischen könnte ich es vielleicht besser. Meine Meeresbilder möchte ich gern dabeihaben. Aber das allerschönste gehört dir. Willst du es sehen?"

Miranda war eben erst nach Hause gekommen. Als erstes hatte sie Lovisas Werk anschauen wollen. Jetzt begann sie ihren Koffer zu durchwühlen. Die Meeresbilder lagen ganz unten. Sie lehnte sie an die Wand. Lovisa stand lange davor und betrachtete sie. Sie erriet sofort, welches Bild für sie bestimmt war.

„Ich brauche nicht ans Meer zu fahren", sagte sie. „Wenn ich deine Bilder sehe, weiß ich auch so ganz genau, wie es dort aussieht. Du mußt es wundervoll gehabt haben."

„Ich fahre wieder mal hin", sagte Miranda. „Irgendwann werde ich einen Sommer mit dir am Meer verbringen."

„Und mit Eva-Lisa", ergänzte Lovisa.

„Oh, ich hab sie noch gar nicht begrüßt. Wo ist sie?"

„Macht ihren Mittagsschlaf. Bald wacht sie auf."

„Ich hatte fast vergessen, daß sie hier ist", sagte Miranda. „Als ich ankam, war es genau wie früher, als nur wir beide hier wohnten. Albert fuhr mich ans Tor, und du hast wie immer draußen auf der Treppe gewartet. Es war schön, so nach Hause zu kommen."

„Nett von Albert, dich abzuholen, obwohl er so viel zu tun hat. Er ist immer für einen da, wenn man ihn braucht."

„Ein Glück für Eva-Lisa, daß sie euch beide hat“, sagte Miranda. „Sie wird ihre richtige Mutter nie vermissen. Für sie war es vielleicht besser, daß Mama abgehauen ist.“

„Da bin ich mir nicht so sicher“, meinte Lovisa. „Letzten Endes bin ich ja doch nur eine Ersatzmutter. Und es ist ein beunruhigendes Gefühl, daß sie mir jederzeit genommen werden kann. Je länger ich sie haben darf, desto schwerer wird es mir fallen, mich von ihr zu trennen.“

„Hast du sie lieber als mich?“

„Was für eine dumme Frage! Für mich bist du die Nummer eins auf der Welt. Aber man kann trotzdem auch andere Kinder lieben – Kinder, die klein und schutzlos sind.“

Miranda begann ihre Bilder zusammenzuräumen, aber Lovisa hinderte sie daran. „Laß mich das Bild mit den beiden Kindern noch einmal ansehen ... Sie haben so etwas Erwachsenes an sich. Ihr Anblick versetzt einem regelrecht einen Stich ins Herz. Zwei schmale Gestalten vor dem dunklen Meer. Irgend etwas Trauriges liegt über dem Bild. Wer sind die beiden?“

„Das sind die Zwillinge, die ich am Meer kennengelernt habe. Unglaublich, daß du gleich gemerkt hast, daß sie nicht glücklich sind. Sie haben ein ähnliches Schicksal wie ich. Sie sagten, wir säßen im selben Boot, das hätten sie gleich gespürt.“

„Nun, daß sie nicht glücklich sind, habe ich nicht

gerade gemerkt", sagte Lovisa. „Ich meinte nur, daß es dir gelungen ist, deinem Bild eine wehmütige Stimmung zu verleihen."

„Eines Tages wollen sie ausreißen, und dann kommen sie vielleicht hierher", erzählte Miranda. „Ich hab ihnen gesagt, daß es keinen besseren Ort gibt, wenn man es schwer hat."

„Aber liebes Kind, wir können doch keine Ausreißer bei uns aufnehmen", rief Lovisa erschrocken.

„Notfalls schaffen wir das auch", meinte Miranda zuversichtlich.

So einfach ist es, Künstlerin zu sein

Die Ausstellung wurde an einem Sonntag eröffnet. Die Aussteller waren schon früh an Ort und Stelle. Der Goldschmied und ein Helfer arbeiteten bis zur letzten Minute. Erhitzt und energisch änderte der Goldschmied hier noch was, rückte dort noch was zurecht und sorgte dafür, daß Erfrischungen auf den Tisch kamen. Alles mußte so sein wie bei einer richtigen Ausstellung mit bekannten Künstlern. Auf einem Tisch lagen maschinengeschriebene Blätter, auf denen über die Aussteller berichtet wurde. Auf Mirandas Blatt war sogar ein Foto, eines von denen, die Lovisa hatte machen lassen, um sie Mirandas Vater zu schicken. Das eine, auf dem sie so nachdenklich aussah. Miranda mochte es gar nicht. Hoffentlich würde es niemand aus ihrer Klasse sehen und sie auslachen. Nur gut, daß das Bild so verschwommen war. Vielleicht würde sie niemand wiedererkennen.

Über die Ausstellungsstücke würden die Leute bestimmt auch lachen, sowohl über ihre eigenen als auch über Birgittas Bilder. Das war doch keine richtige Kunst. Birgittas Riesenbild mit den Baumstämmen nahm fast eine ganze Längswand ein. Baumstämme brauchten viel Platz. Vielleicht war das doch wirkliche Kunst? Birgittas Wald hatte etwas Verzaubertes an sich, man hatte beinahe das Gefühl, als könnte man sich darin verirren. Vielleicht lauerten Trolle hinter den Baumstämmen.

Birgitta war die einzige Ausstellerin, die nicht anwesend war. Der Goldschmied erklärte, daß sie es nicht verkrafte, so viele Menschen zu sehen. Und außerdem habe sie einen ihrer schlechten Tage. Es hätte sie aufgeregt, daß man ihre Baumstämme abtransportierte.

Otto stand in einer Ecke und bewachte sein Werk. Die kleine Kommode war sehr gelungen, Otto hätte darauf stolz sein können, doch statt dessen sah er mürrisch aus.

Das Mädchen mit den Quirlen und Besen strahlte vergnügt und lächelte alle an, die in ihre Nähe kamen, obwohl sie sie nicht sehen konnte. Der Junge im Rollstuhl saß hinter einem Tisch, auf dem seine bestickten

Tischdecken ausgebreitet waren. Auf demselben Tisch lagen auch gestrickte Mützen und Handschuhe in lebhaften Farben. Das Mädchen, das sie angefertigt hatte, sah ängstlich aus. Ein ziemlich großer Junge hatte Holzfiguren geschnitzt und hatte seine Werke auf dem Kasten aufgereiht. An den Sprossen der Sprossenwand hing eine ganze Puppengarderobe. Darunter standen viel Holzschuhe, die mit bunten Blumen bemalt waren.

Die meisten Aussteller sahen etwas verängstigt, aber gleichzeitig erwartungsvoll aus. Otto war der einzige, der ein finsteres Gesicht machte. Vielleicht dachte er an die dumme Edla. Und dabei müßte er doch froh sein, daß er sie los war. Was war das schon – ein Mädchen, das fast nie lachte und einen Wüterich als Vater hatte. Jetzt würde wenigstens kein ergrimmter Schuster mehr hinter Otto herjagen.

Miranda saß auf einer ihrer bemalten Truhen, als das Publikum hereinzuströmen begann. An der Wand hinter ihr hingen ihre Bilder, sowohl das Aussichtsbild als auch die Bilder vom Meer. Ihr größtes Bild war *Die Verkündigung*, und sie schämte sich ein bißchen deswegen. Es kam ihr ziemlich kindisch vor. Der Erzengel Gabriel machte ein hochmütiges Gesicht, und Maria sah wie ein normales Mädchen aus. Kein bißchen heilig. Das beste Bild war bestimmt das mit den Zwillingen. Lovisa hatte recht gehabt mit ihrer Bemerkung, daß die beiden Kinder, die vor dem dunklen Meereshintergrund am Strand kauerten, etwas Wehmütiges an sich hatten.

Unglaublich, wie viele Leute kamen, um sich die Ausstellung anzusehen. Bald war der Saal voller Besucher, die umherliefen und guckten und sich mit den jungen Künstlern unterhielten. Der Doktor und seine ganze Familie umringten Miranda.

„Wir haben gar nicht gewußt, daß du so eine tüchtige Künstlerin bist“, sagte der Doktor. „Deine Bilder sind ja richtige kleine Kunstwerke.“

Gulls Mutter trat dicht an Mirandas Bilder heran, und das gefiel Miranda nicht. Bilder sollte man aus einer gewissen Entfernung betrachten, vor allem ihre Bilder.

„Toll, wie du das Meer gemalt hast“, sagte Gull. „Weißt du noch, einmal hab ich dir gesagt, daß ich das Meer gerne malen würde, wenn ich es könnte. Und jetzt hast du es getan.“

„Das sind aber scheußliche Kinder“, ließ sich Roberts schrille Stimme vernehmen. Er zeigte auf die Zwillinge.

„Die sind sehr gut“, sagte sein Vater. „Ist das Bild zu kaufen?“

„Ich glaube nicht“, erwiderte Miranda. „Ich hatte eigentlich nicht vor, es zu verkaufen. Ich möchte lieber warten, bis ich noch mehr gelernt habe.“

„Es ist schon gut genug, so wie es ist“, sagte der Doktor. „Was sagst du zu hundert Kronen?“

Miranda erstarrte. Hundert Kronen für dieses Bild,

das eigentlich bloß eine Skizze war! Wieso fand er das schöner als das Bild vom Meer, auf das sie so viel mehr Mühe verwendet hatte? Das hatte sie allerdings Lovisa versprochen.

„Na?“ fragte der Doktor. „Möchte die Künstlerin verkaufen?“

„Das möchte ich schon. Aber das Bild ist doch gar nicht gut. Und außerdem hab ich die beiden Kinder gern. Ich kenne sie.“

„Ich mag sie auch“, sagte der Doktor. „Nun, bist du einverstanden?“

„Ja“, sagte Miranda.

Der Doktor holte seine Brieftasche heraus und reichte ihr einen Hundertkronenschein. Vor Jahren hatte sie von ihm zehn Kronen bekommen, weil sie Robert vor dem Ertrinken gerettet hatte. War ihm ein Bild mehr wert als sein kleiner Sohn?

Sie wollte schon das Bild abhängen, doch der Doktor hinderte sie daran.

„Das muß hängen bleiben, bis die Ausstellung zu Ende ist“, sagte er. „Wir machen aber vorsichtshalber einen Zettel hin.“ Damit holte er einen kleinen Block hervor, schrieb *verkauft* darauf und reichte den Zettel Miranda. „Den mußt du neben das Bild heften“, sagte er.

Und dann ging die Arztfamilie weiter, um sich die Werke der anderen Aussteller anzusehen. Durch die Menge war Roberts Stimme zu hören: „Warum hast du denn das scheußliche Bild gekauft? Das ist doch potthäßlich ..."

Auch die Stimme seiner Mutter war zu hören. „Aber Robert, wie kannst du nur so etwas sagen!"

Miranda blieb verwundert stehen und starrte ihren Hundertkronenschein an. So einfach war es also, Künstlerin zu sein ...

Die ist unverkäuflich

Man sah sofort, warum die meisten Besucher gekommen waren. Vor Birgittas Werken versammelten sie sich in Scharen und äußerten sich laut über das, was sie sahen.

„Unglaublich, daß diese verrückte Person so gut malen kann ..."

„Das ist doch nichts als Schmiererei ..."

„Um solche Bäume zu malen, nichts als lauter Stämme, muß man schon ganz schön bekloppt sein ..."

„Bestimmt bedeuten diese Bäume etwas. Die Bäume sind wie Gitterstäbe. Sie fühlt sich eingesperrt."

„Der arme Goldschmied, so viel Papier für nichts und wieder nichts vergeudet ..."

Manche betrachteten die Baumstämme länger, darunter auch der Bürgermeister und seine Frau.

„Bemerkenswert", sagte der Bürgermeister.

„Eine reife künstlerische Leistung", meinte seine Frau. „Diese Baumstämme könnte ich mir gut an der Längswand unseres Sommerhauses vorstellen."

Miranda stand mitten in der Menschentraube vor Birgittas Werken. Sie hatte alles mitangehört und wußte nun, daß der Bürgermeister ein Sommerhaus auf dem Land hatte. Bestimmt wäre eine ganze Wand mit lauter Baumstämmen sehr schön. Sie freute sich für Birgitta.

„Birgitta hat noch viel mehr gemalt", sagte Miranda. „Das hier sind vielleicht gar nicht ihre allerbesten Sachen."

„Ach, da ist ja unsere kleine Malerin", sagte die Frau des Bürgermeisters. „Deine Werke wollen wir auch anschauen. Schade, daß du unseren Schrank nicht ausgestellt hast. Der ist vielleicht das Beste, was du gemalt hast."

„Ich habe mich nicht getraut, danach zu fragen", gab Miranda zu. „Ich konnte mir nicht vorstellen, daß Sie den kostbaren Schrank ausleihen würden."

„Natürlich hätten wir das getan. Wo hast du deine Bilder?"

Miranda zeigte ihnen ihre Wand. Lange standen sie schweigend davor und betrachteten alles aufmerksam.

„Schade, daß du das kleine Bild mit den Kindern verkauft hast", meinte der Bürgermeister schließlich.

„Das Bild ist ausgezeichnet", bemerkte seine Frau. „Ich denke, da hast du deinen Stil gefunden. Eine schöne Stimmung geht von diesem Bild aus. Aber du bist auch eine tüchtige Bauernmalerin. Ist der Erzengel Gabriel zu verkaufen?“

„Er gehört dem Goldschmied ... Eigentlich hatte ich gar nicht vor, meine Bilder zu verkaufen. Ich möchte warten, bis ich mehr Übung habe. Otto hat was viel Schöneres gemacht.“

„Wer ist Otto?“

„Mein Bruder. Er steht drüben in der Ecke. Der mit dem finsteren Gesicht.“

Sie schauten zu Otto rüber. Plötzlich geschah etwas mit seiner brummigen Miene. Er riß die Augen auf und sah zur Tür. Miranda folgte seinem Blick. Es war Edla, die er anstarrte. Sie stand innerhalb der Tür und sah verzagt aus. Vielleicht traute sie sich nicht ins Gewimmel hinein, vielleicht hatte sie vor kehrtzumachen.

Doch das wollte Otto nicht zulassen. Er verließ seine Ecke und drängte sich durchs Gewühl.

„Jetzt ist er fort“, sagte Miranda. „Aber die Kommode können wir ja trotzdem angucken.“

Sie ging voraus, und das Bürgermeisterpaar folgte ihr. Plötzlich war sie nicht mehr schüchtern und zurückhaltend, stolz führte sie Ottos Werk vor und gab geradezu damit an, wie gut es ausgeführt sei. Sie zeigte auf die schöne Maserung des Holzes, zog die Schubladen heraus und wies darauf hin, wie sorgfältig das Holz auf der Innenseite behandelt sei. „Für einen Anfänger ist das schon eine Leistung“, sagte sie. „Es dauert viele

Jahre, bis man ein fertiger Schreiner ist."

„Das wissen wir", sagte der Bürgermeister.

„Entzückend", rief seine Frau. „Unglaublich, zwei so tüchtige Geschwister!"

„Das muß in der Familie liegen", meinte der Bürgermeister.

„Tut es auch", bestätigte Miranda. „Und dabei sind wir gar nicht verwandt."

„Bist du nicht mit deinem Bruder verwandt?" fragten beide.

„Bin ich nicht", sagte Miranda. Mehr verriet sie nicht.

„Glaubst du, daß dein Bruder die Kommode verkaufen will?" fragte die Frau des Bürgermeisters. „Das wäre ein schönes Geschenk für unsere kleine Enkelin."

„Sie können ihn ja fragen. Da kommt er."

Otto kam auf sie zu. Ein fröhlicher Otto mit zerzausten Locken, Hand in Hand mit Edla. Den Bürgermeister und seine Frau würdigte er keines Blickes, er hatte nur Augen für Edla.

„Du kriegst sie", sagte er. „Die ist für dich."

„So etwas Schönes kann ich doch gar nicht annehmen", meinte Edla.

„Sie gehört dir", sagte Otto.

„Du meinst doch hoffentlich nicht die Kommode?" fragte die Frau des Bürgermeisters. „Wir möchten sie gern kaufen."

Otto sah seine ersten Kunden uninteressiert an. „Die ist unverkäuflich", sagte er. Und dann lächelte er Edla strahlend an.

„Ja, das ist uns klar“, erwiderte der Bürgermeister.

Und damit gingen sie weiter, um holzgeschnitzte Figuren, gestrickte Handschuhe und bestickte Decken zu bewundern.

„Dummkopf“, sagte Miranda zu Otto. „Die hätten bestimmt gut dafür bezahlt.“

„Ist mir doch egal“, murrte Otto. „Jetzt gehen Edla und ich in die Konditorei.“

Das gibt sich mit der Zeit

Miranda ging auf dem Hof mit Eva-Lisa auf und ab. Lovisa war bei einer Geburtstagsfeier. Sowie Eva-Lisa eingeschlafen war, wollte Miranda weitermalen. Sie hatte angefangen, Blumen zu malen – Tränende Herzen in einer Vase. Es war wundervoll, diese Blumen abzumalen. Wenn die Kleine nur endlich einschlafen würde! Damals mit Oskar war alles viel einfacher gewesen. Oskar war ein friedliches Kind, das sofort einschlief, wenn man es hinlegte. Eva-Lisa dagegen war verwöhnt. Kaum gab sie einen Pieps von sich, nahm Lovisa sie schon hoch. Und einen Mittagsschlaf machte sie bloß, wenn man sie im Wagen umherschob.

Lovisa rackerte sich die Seele aus dem Leib für dieses Kind. Es wäre besser, wenn sie sich mehr Zeit für den

Wandteppich nehmen würde. Bis zum ersten Oktober mußte er fertig sein. In letzter Zeit war sie nur langsam vorangekommen.

Als Miranda das Haus zum fünften Mal umrundet hatte, lag Eva-Lisa immer noch wach im Wagen und guckte mit runden, blauen Augen in den Himmel. Eigentlich war sie recht niedlich. Ihre Nase war eine richtige Nase, nicht nur ein kleiner Knopf, wie bei den meisten Babys. Sie hatte runde, rosige Wangen. Ihre Haare waren gewachsen und lockten sich leicht rötlich oben auf dem Kopf.

Plötzlich blieb Miranda stehen. Eva-Lisa sah jemandem ähnlich. „Hoffentlich verwächst sich das", sagte sie.

Eva-Lisa sah Miranda mit ernsten Augen an, als ob sie überlegte, was sich denn da verwachsen sollte.

„Du siehst diesem Typ im Eisenwarenladen ähnlich", erklärte Miranda. „Deinem Papa. Versuch lieber, jemand anderem ähnlich zu werden, Albert zum Beispiel. Das wäre besser für dich."

Eva-Lisa verzog das Gesicht zum Weinen. Sie fand es offenbar sichtlich schwierig, ihr Aussehen zu ändern.

„Sei nicht traurig", sagte Miranda. „Das gibt sich bestimmt mit der Zeit."

Eva-Lisa begann zu schreien.

„Entschuldige", sagte Miranda. „Ich wollte dich nicht traurig machen. Ich wollte dich bloß warnen."

Aber nichts konnte Eva-Lisa trösten. Miranda mußte

8 4784-12

sie hochnehmen. Sie legte ihre Wange an Eva-Lisas Köpfchen. „Du kleines Dummerchen, ich hab doch bloß Spaß gemacht. Niemand kann was dafür, wie er aussieht. Und du bist trotzdem hübsch. Weine nicht."

Sie ging eine Weile mit Eva-Lisa in den Armen auf und ab. Das gefiel der Kleinen. Sie schlief mit dem Kopf auf Mirandas Schulter ein. Miranda wollte sie gerade in den Kinderwagen legen, als jemand durchs Hoftor kam. Anders von Backelid, der Holzhacker.

Miranda warf ihm einen schiefen Blick zu. Was hatte der hier verloren, wenn Lovisa nicht da war!

Er lächelte Miranda freundlich an. „Ich wollte ein bißchen Holz hacken für Lovisa", sagte er.

„Lovisa ist nicht da."

„Ich denke, es wird auch so gehen."

„Warte lieber, bis sie kommt. Für den Fall, daß du dich verletzt."

„Freundlich bist du nicht gerade."

„Ich kann kein Blut sehen", sagte Miranda.

„Ich bin es gewöhnt, Holz zu hacken. Unfälle passieren nur, wenn man mich stört."

„Ich werd nicht stören", sagte Miranda und begann den Wagen zu schieben.

„Das Kind da macht wohl viel Arbeit", sagte er. „Es scheint Lovisa alle Kraft zu kosten."

„Lovisa hat Kinder gern", entgegnete Miranda. „Schade, daß sie nicht das Haus voller Kinder hat."

„Sie hat auch so schon genug", murmelte er und ging

zum Holzschuppen. Als er das Beil herausholte, machte er ein grimmiges Gesicht. Miranda schämte sich ein wenig. Sie war wirklich unfreundlich zu ihm gewesen. Lovisa behauptet ja immer, Anders sei so ein lieber Mensch, ein freundlicher, hilfsbereiter Nachbar. Lovisas Brüder waren noch nie auf die Idee gekommen, ihrer Schwester in irgendeiner Weise beizustehen.

Miranda ließ den Kinderwagen stehen und ging zum Holzplatz rüber. „Entschuldige“, sagte sie. „Ich glaube, ich war etwas unhöflich.“

„Kann man wohl sagen.“

„Es ist wegen Lovisa. Ich will nicht, daß die Leute sie belästigen. Alle hängen sich an sie, weil sie so lieb ist.“

„Nennst du das hier belästigen? Ich bin vielleicht der einzige, der sie nicht belästigt. Wenn ich dürfte, würde ich gern noch viel mehr für sie tun.“

Er spaltete einen Holzklotz mit einem einzigen Hieb. Miranda zog sich leise zurück. Beim Holzhacken wollte sie ihn nicht stören. Noch einmal durfte er sich ihretwegen nicht in die Hand hacken.

Sie stellte den Wagen neben die Treppe und nahm ihren Zeichenblock.

Die Ausreißer

„Zu schade, daß ich dich jetzt nicht mehr jeden Tag sehen kann", sagte Harry.

Sie saßen in Oberkirschberg auf der Haustreppe, tranken Saft und futterten Hefeschnecken. Miranda hörte auf zu kauen und sah ihn erstaunt an.

„Wann siehst du mich jeden Tag? Es ist doch ewig lang her, seit wir uns gesehen haben."

„Ich meine in der Schule. Dort sehe ich jeden Tag, wie du morgens auf den Schulhof kommst."

„Ich sehe dich nie", sagte Miranda. „Wenigstens nicht morgens. Vielleicht ab und zu in der Pause."

„Das kommt nur daher, daß du dich nicht für mich interessierst", sagte Harry. „Eigentlich sollte man sich ja für denjenigen interessieren, den man heiraten wird."

„Wer hat gesagt, daß ich dich heiraten werde?"

„Hast du das schon vergessen? Wir wollen doch hier auf Oberkirschberg Bauern werden."

„Das wollen wir nicht. Bauern werden wir nie. Und wenn du jetzt aufs Gymnasium kommst, wirst du doch bestimmt irgendwas ganz Vornehmes. Professor oder so ..."

„Das braucht uns nicht daran zu hindern, zu heiraten."

„Seinen Vetter heiratet man nicht“, sagte Miranda. „Und du kannst doch diese hübsche Blonde nehmen. Du hast selbst gesagt, daß ich nicht dein Typ bin.“

Harry sah sie zärtlich an und streckte den Arm aus, um ihn ihr um die Schultern zu legen. Aus Versehen warf er dabei sein Saftglas um. Oder vielleicht auch aus Verblüffung, weil plötzlich zwei Gestalten auf dem Hof standen und sie anschauten.

Miranda stieß einen Schrei aus und hielt die Hand vor den Mund. Das konnte nicht wahr sein. Bestimmt sah sie am hellichten Tag Gespenster. Aber die Gespenster sprachen.

„Hallo. Bist du überrascht? Wir haben dir doch gesagt, daß wir kommen würden.“

Es waren die Zwillinge vom Meer. Mit einem Koffer zwischen sich standen sie nebeneinander auf dem Hof.

Miranda sprang auf. „Ich hab nie geglaubt, daß ihr tatsächlich kommt. Das war doch bloß Spaß.“

„Jetzt sind wir hier“, sagte Ronnie.

„Vielleicht willst du gar nicht, daß wir hier sind“, sagte Vera.

„Doch, schon ... Ich hab nur nicht damit gerechnet, daß ihr schon so bald kommt. Seid ihr ausgerissen?“

„Ja, das sind wir. Aber wir haben Tante Henriette einen Zettel hinterlassen. Sie weiß, wo wir sind. Wir haben geschrieben, daß wir im Herbst, wenn die Schule anfängt, wiederkommen. Also sind wir nicht wirklich ausgerissen.“

Die Zwillinge redeten gleichzeitig auf Miranda ein. Miranda überlegte. Was würde Lovisa sagen? Konnte sie es sich leisten, noch zwei weitere Personen durchzufüttern? Die Zwillinge schienen ihre Gedanken erraten zu haben.

„Wir wollen auch dafür bezahlen", sagte Ronnie. „Wir haben Geld."

„Ich muß mit Lovisa reden", sagte Miranda. „Wartet hier."

Sie ließ Harry mit den beiden allein. Harry war aufgestanden und sah nicht besonders freundlich aus.

Lovisa bügelte gerade. Sie hatte ein rotes, erhitztes Gesicht. Eva-Lisa saß mit Kissen im Rücken in einem Wäschekorb auf dem Boden.

„Wir haben Besuch", flüsterte Miranda. „Sie wollen bleiben."

„Was denn für ein Besuch?"

„Die Zwillinge. Die vom Meer. Sie sind ausgerissen und wollen bleiben, bis die Schule anfängt."

„Ach, du liebe Zeit", rief Lovisa. „Das geht doch nicht. Wir können keine Ausreißer verstecken, da kriegen wir es mit der Polizei zu tun."

„Ihre Tante weiß, wo sie sind. Sie wollen für ihren Aufenthalt bezahlen. Wir können sie doch nicht einfach wieder fortschicken."

„Ich schicke niemanden fort. Aber wir müssen ihre Angehörigen anrufen."

„Du mußt mit ihnen reden. Ich weiß nicht, was ich

sagen soll. Sie stehen mit ihrem Koffer draußen im Hof.“

Miranda ging mit Lovisa hinaus. Die Zwillinge standen immer noch da, aber Harry war zu seinem Fahrrad unterwegs. Er sah verärgert aus.

„Ich komme ein andermal“, sagte er.

Lovisa gab Vera und Ronnie die Hand. „Ihr seid herzlich willkommen“, sagte sie. „Aber ihr müßt sofort eure Verwandten anrufen. Die werden inzwischen sehr in Sorge sein.“

„Unsere Tante weiß, wo wir sind“, erwiderte Ronnie. „Wir brauchen nicht anzurufen. Wenn sie was von uns will, ruft sie von alleine an. Dürfen wir hierbleiben? Zum Schulbeginn fahren wir wieder nach Hause.“

„Bis dahin ist es noch lang“, wandte Lovisa ein.

„Drei Wochen“, sagte Vera. „Wir wollen auch ganz viel mithelfen und werden bestimmt nicht zur Last fallen.“

„Das braucht ihr nicht“, sagte Lovisa. „Ich mache mir nur Sorgen, was eure Tante sagen wird.“

„Mehr als sauer werden kann sie nicht“, sagte Ronnie. „Und das ist sie gewöhnt. Bestimmt ist es ihr nur recht, uns loszusein.“

„Sie kann uns nicht leiden“, erklärte Vera. „Wir sind schwer erziehbar.“

„Ach du liebe Zeit“, seufzte Lovisa.

„Miranda hat uns von Oberkirschberg erzählt“, sagte Ronnie.

„Wir hatten solche Sehnsucht nach hier", sagte Vera. „Und da haben wir den Zug genommen."

„Habt ihr denn Geld für die Fahrkarten gehabt?" fragte Lovisa.

„Wir haben gespart", antwortete Ronnie. „Unsere Verwandten schenken uns meistens Geld. Wir haben schon immer vorgehabt, auszureißen. Und nachdem wir Miranda kennengelernt hatten, wußten wir, daß wir hierher wollten."

„Ihr seid natürlich willkommen", meinte Lovisa. „Miranda zeigt euch das Gästezimmer. Einer von euch muß oben im Vorraum auf dem Sofa schlafen."

Die Zwillinge folgten Miranda die Treppe hinauf.

„Deine Mutter ist lieb", sagte Vera.

„Sie ist die liebste auf der Welt", entgegnete Miranda. „Aber jetzt macht sie sich bestimmt Sorgen. Für jemanden, der so korrekt ist wie Lovisa, ist es nicht leicht, Ausreißer im Haus aufzunehmen. Ausreißen ist in ihren Augen gesetzeswidrig. Übrigens hat sie schon einmal einen Ausreißer in ihrem Gästezimmer beherbergt."

„Dann ist sie's ja gewöhnt", meinte Ronnie. „Wer war der Ausreißer?"

„Ich", sagte Miranda. „Allerdings wußte sie nicht, daß die Polizei hinter mir her war."

„Hinter uns ist sie jedenfalls nicht her", sagte Vera. „Oh, ist das ein schönes Gästezimmer! Das nehme ich, Ronnie!"

Da hörten sie unten das Telefon läuten.

„Bestimmt unsere Tante", sagte Ronnie. „Machen wir lieber die Tür zu."

Sie setzten sich nebeneinander auf das Gästebett.

„Am liebsten würde ich für immer hierbleiben", sagte Vera.

„Wer war der Junge, der davonfuhr, als wir kamen?" wollte Ronnie wissen. „Er schien uns nicht leiden zu können."

Die Sommerferien sind zu Ende

Plötzlich war das Kinderhüten kein Problem mehr. Vera stürzte sich fast auf Eva-Lisa. Und Eva-Lisa verliebte sich auf der Stelle in Vera. Miranda dagegen behandelte sie wie Luft. Wenn sie und Vera ins Zimmer kamen, sah Eva-Lisa nur noch Vera. Sie lachte und wedelte mit den Armen und gurgelte freundliche Laute, daß die Spucke nur so herumspritzte. Und sie schien sich lieber von Vera als von Lovisa hochheben zu lassen.

„Und dabei ist sie sonst Fremden gegenüber so abweisend", sagte Lovisa fast neidisch.

„Sie ist hinreißend", schwärmte Vera. „Ich hab noch nie so ein nettes Kind gesehen. Ich liebe sie."

Es war, als hätte Vera nie etwas anderes getan als

Babys zu versorgen. Sie wickelte Eva-Lisa, fütterte sie und machte lange Spaziergänge mit dem Kinderwagen. Sie fragte nicht einmal, ob Miranda sie begleiten wollte, und trabte genauso durch die Gegend, wie Miranda das früher mit Oskar getan hatte. Und Eva-Lisa brabbelte und lachte. Mühelos tauchten die ersten Zähnchen in ihrem Mund auf, ohne die leiseste Klage.

Lovisa konnte sich ihrem Webstuhl widmen, und Miranda konnte ungestört malen. Ab und zu radelte sie zum Eselsberg, um festzustellen, ob sich etwas in Mamas Häuschen getan hatte. Aber alles war unverändert. Niemand war durchs Gras gegangen, und niemand hatte drinnen aufgeräumt.

Ronnie ging Lovisa zur Hand, erledigte Besorgungen, holte Holz und Eier und versuchte sogar Holz zu hacken. Doch da sagte Lovisa nein. Ein paar abgehackte Finger wollte sie doch nicht auf dem Gewissen haben.

Die Zwillinge bereiteten ihr so schon genug Sorgen. Jeden zweiten Tag mußte sie mit der Tante telefonieren. Die Geschwister hielten sich in sicherer Entfernung vom Telefon auf. Das erste Gespräch war am schlimmsten gewesen. Hinterher hatte Lovisa ziemlich mitgenommen ausgesehen.

„Eure Tante ist sehr traurig", hatte sie zu den Zwillingen gesagt.

„Ist sie nicht eher stinksauer?" hatte Ronnie gefragt!

„Vor allem besorgt. Und das kann ich verstehen. Kinder, die einfach verschwinden, das muß schrecklich sein. Begreift ihr denn nicht, daß eure Tante sich für euch verantwortlich fühlt?"

Doch die Zwillinge hatten nichts begriffen.

„Wir haben einen ausführlichen Brief geschrieben. Sie wußte genau, wohin wir fuhren. Und jetzt, nachdem sie mit Ihnen, Frau Lovisa, gesprochen hat, kann sie ja ganz beruhigt sein."

„Nennt mich nicht Frau Lovisa. Tante oder Lovisa gefällt mir besser."

Die Zwillinge entschieden sich für Lovisa, genau wie Miranda.

Miranda begann sich auf den Schulbeginn zu freuen, dann würden die Zwillinge nämlich abreisen. Sie hatte die beiden immer noch gern, aber sie wurden ihr einfach zu viel. Wohin man auch sah, überall stieß man auf einen von ihnen. Sie waren wie Drillinge, ja, fast wie Fünflinge. Sie waren stets vergnügt und an allem interessiert, was in Oberkirschberg vor sich ging. So jemanden wie Lovisa hatten sie noch nie kennengelernt, eine erwachsene Person, die so lieb war. Sie bewunderten alles, was Lovisa webte, sie liebten Oberkirschberg, nichts fanden sie so herrlich wie das Leben auf dem Lande.

Lovisa sagte, so viel Hilfe habe sie noch nie gehabt. Sie fühle sich geradezu verwöhnt. Wenn nur die Telefongespräche nicht wären!

„Eure Tante macht sich Sorgen", erklärte sie. „Sie

findet es eigenartig, daß ihr nie zu Hause seid, wenn sie anruft. Vielleicht glaubt sie, daß ich euch einsperre oder daß euch etwas passiert ist, was ich ihr nicht sagen will."

„Jetzt sind Sommerferien, da kann man doch nicht dauernd im Haus sein", wandten die Zwillinge ein.

„Morgen müßt ihr den ganzen Tag in der Nähe bleiben", sagte Lovisa. „Morgen müßt ihr endlich mit ihr sprechen, wenn sie anruft."

Aber sie brauchten nicht bis zum nächsten Tag zu warten. Als die Uhr zwei schlug und es Zeit für Eva-Lisas Fläschchen war, hielt ein großes, schwarzes Auto vor dem Tor, und eine hagere Dame stieg aus. Vera hatte Eva-Lisa soeben aus dem Wagen genommen. Ronnie stapelte Holz. Miranda hatte die Garnwinde auf den Gartentisch gestellt und wickelte himmelblaues Garn für den Wandteppich auf.

Alle hielten in ihrer Beschäftigung inne und starrten die Dame an, die durch das Tor kam und auf das Haus zumarschierte.

„Tante Henriette", zischte Vera. Sie preßte Eva-Lisa so fest an sich, daß die Kleine zu schreien begann. Ronnie verschwand in den Holzschuppen. Miranda war aufgestanden und hielt ein blaues Garnknäuel vor sich hin – wie einen Schild zur Verteidigung.

Die Tante blieb vor Vera stehen. Lange Zeit stand sie schweigend da. Alles war still. Nur Eva-Lisas Jammern war zu hören. Das Gesicht der Tante war wie aus Stein.

Unvorstellbar, daß dieses Steingesicht sich jemals in ein fröhliches, freundliches Lachen auflösen könnte. Miranda begriff, daß man von dieser Tante gerne ausriß.

„Aha, hier seid ihr also", sagte die Tante schließlich mit eisiger Stimme.

Vera nickte.

„Und ihr schämt euch nicht?" fragte die Tante.

Vera schüttelte den Kopf, und Eva-Lisa schrie noch lauter.

„Packt gefälligst umgehend eure Sachen und steigt ins Auto. Ich habe extra einen Wagen gemietet, um euch abzuholen."

Vera blieb immer noch stumm und vermied es, die Tante anzusehen.

„Hast du die Sprache verloren?" fragte die Tante. „Wo ist Ronald? Hol ihn sofort. Und dann möchte ich mit eurer Gastgeberin sprechen und abrechnen. Die arme Person hat bestimmt Unkosten gehabt." Sie sah Miranda an, die immer noch mit hocherhobenem Garnknäuel dastand. „Würdest du bitte deine Mutter holen?"

Miranda eilte mit dem Knäuel in der Hand davon. Die Winde drehte sich, und der Faden folgte wie ein schmales, blaues Band hinterher.

„Ach, Gott", rief Lovisa und trat auf die Treppe hinaus.

Endlich zeigte sich etwas auf dem Gesicht der Tante,

das an ein schwaches Lächeln erinnerte. Sie ging auf Lovisa zu. „Es tut mir sehr leid, daß Sie so viel Mühe mit den Kindern gehabt haben", sagte sie.

„Das war überhaupt keine Mühe", entgegnete Lovisa. „Es war eine Freude, so liebe und hilfsbereite Kinder um sich zu haben. Sie werden uns sehr fehlen, wenn sie nicht mehr da sind."

„Während die Kinder packen, möchte ich gerne mit Ihnen abrechnen", sagte die Tante. „Dazu gehen wir vielleicht besser ins Haus."

„Da gibt es nichts abzurechnen", meinte Lovisa. „Die Kinder waren meine Gäste."

Aber sie gingen trotzdem ins Haus. Die Tante drehte sich um. „Beeilt euch mit dem Packen", befahl sie. „Der Chauffeur kann nicht beliebig lange warten. Jetzt fahre ich mit euch nach Hause. Die Sommerferien sind zu Ende ..."

Spuren im Gras

Der letzte Tag der Sommerferien. Draußen regnete es Bindfäden. Aber Miranda hatte dennoch vor, zum Eselsberg zu fahren. Wenn die Schule erst wieder anfing, würde es schwieriger werden, Zeit für Ausflüge zu finden.

Lovisa war mißgelaunt. „Was lockt dich nur dorthin?

Dort gibt's nichts für dich zu tun. Im Laufe des Sommers hast du dich oft genug dort herumgetrieben."

Miranda ließ den Kopf hängen. „Irgendwas zwingt mich dazu", erklärte sie. „Irgendeine Unruhe. Ich hab's im Gefühl, daß dort etwas passiert ist."

„Wenn auf dem Eselsberg etwas passiert ist, geht es dich nichts an", sagte Lovisa. „Du gehörst nicht mehr dorthin. Du gehörst nur noch nach Oberkirschberg."

„Man kann das, was früher war, nicht einfach vergessen, auch wenn man es versucht. Einmal muß ich noch hin und nachschauen."

„Tu, was du willst, aber bleib nicht zu lange weg. Jetzt, wo man sowieso nicht draußen sein kann, wollte ich den ganzen Tag weben. Heute ist der letzte Tag, an dem du auf Eva-Lisa aufpassen kannst, bevor die Schule anfängt."

Bei dem nassen Wetter war fast niemand unterwegs. Das Wasser spritzte am Fahrrad hoch. Aber Miranda hatte ihren Regenmantel an und genoß den Regen. Während sie ihr Rad den langen, steilen Berg hinaufschob, hatte sie Zeit zum Nachdenken. Über Harry zum Beispiel.

Natürlich hatte er die schwierige Aufnahmeprüfung ins Gymnasium bestanden. Inzwischen hatte er die Stadt und seine alte Schule verlassen. Die Vorstellung, daß sie all die klugen Sachen, über die er sich unterhalten würde, vielleicht nie verstehen würde, stimmte sie traurig.

Und eine Gelegenheit, sich von ihm zu verabschieden, hatte sie auch nicht gehabt. Als er gekommen war, um ihr Lebewohl zu sagen, hatte er sofort wieder kehrtgemacht, weil Vera und Ronnie noch dagewesen waren. Diese lästigen Zwillinge! Es war ihre Schuld, daß sie Harry vor seiner Abreise nicht mehr gesprochen hatte.

Aber trotzdem fehlten sie ihr. Sie waren fröhlich und lustig gewesen. Soviel, wie während ihres Aufenthaltes war auf Oberkirschberg noch nie gelacht worden. Komisch, daß sie so ausgelassen sein konnten, obwohl sie es so schwer hatten. Lauter sauertöpfische Tanten und Onkel, die sie mit Argusaugen bewachten.

„Wir sind nur deshalb so fröhlich, weil wir zu zweit sind", hatte Vera erklärt. „Wir können nicht um Eltern trauern, die wir nie gekannt haben."

Wenn ihre Mutter stattdessen nur *ein* Kind bekommen hätte, wäre sie vielleicht nie gestorben. Ihre Kräfte hatten nur für *ein* Kind ausgereicht. Die Zwillinge überlegten, wer von ihnen dieses eine Kind geworden wäre.

„Bestimmt Ronnie", vermutete Vera. Ronnie war so stark. Aber Ronnie glaubte, daß es Vera geworden wäre. Vera war eine die nie aufgab.

Dann lachten die Zwillinnge und hörten auf, sich über etwas den Kopf zu zerbrechen, das man sowieso nie erfahren würde.

Es mußte schön sein, ein Zwilling zu sein. Ein Zwilling war nie einsam. Miranda wäre gern ein Zwilling gewesen. Sie hätte sich eine Zwillingsschwester gewünscht. Allerdings konnte sie sich kein Mädchen vorstellen, das genauso aussähe wie sie. So ein Mädchen jeden Tag anschauen zu müssen – das wäre nicht besonders lustig.

Inzwischen war sie auf dem Eselsberg angelangt. Im Regen sah Mamas Häuschen düsterer aus als je zuvor. Miranda blieb ein Weilchen am Gartentor stehen. Irgend etwas war anders als sonst.

Das Gras schien niedergetreten zu sein. Doch das lag vielleicht am Regen. Aber warum war es dann ausgerechnet zwischen dem Gartentor und dem Hauseingang platt? Vielleicht war jemand ins Haus hineingegangen. Mit klopfendem Herzen durchquerte Miranda den Garten.

Die Kranke

Der Schlüssel lag nicht an seinem Platz. Die Tür war nicht abgeschlossen. Also mußte jemand im Haus sein. Miranda zögerte kurz, bevor sie anklopfte. Doch niemand reagierte auf ihr Klopfen. Langsam trat sie ein.

Die Küche war aufgeräumt, nur eine leere Tasse stand auf dem Tisch, und ein schwacher Kaffeeduft lag in der Luft. Miranda blieb lange regungslos stehen und horchte. Die Tür zur Kammer war angelehnt. Sie spürte, daß jemand dort drin war. Aber wer? Einer der

9 4784-12

Kesselflicker? Dann würde sie sich rasch wieder davonstehlen. Von denen wollte sie keinen antreffen.

„Wer ist da?" Eine schwache Stimme drang aus der Kammer.

„Ich bin's, Miranda ..."

„Ich hab mir fast gedacht, daß du kommst ..." Es war Mamas Stimme.

Miranda stürzte in die Kammer. Doch dann blieb sie jäh stehen. Mama lag auf dem Rücken im Bett, die Hände auf der Bettdecke gefaltet. Wie eine Tote lag sie da, ganz still. Ihr Gesicht war weiß, der Mund zusammengepreßt. Ihr schönstes Nachthemd hatte sie an. Ihr Brauthemd, das sie angehabt hatte, als sie Eva-Lisa bekommen und als feine Dame im Bett gelegen und Glückwünsche entgegengenommen hatte.

Lange Zeit war es ganz still. Dann hustete Mama – ein eigenartiger, irgendwie affektierter Husten. Auf Zehenspitzen näherte Miranda sich dem Bett. Mama bewegte den Kopf nicht, schielte nur aus den Augenwinkeln zu ihr herüber.

„Komm nicht zu nahe", flüsterte sie. „Vielleicht ist es ansteckend."

„Bist du krank?"

„Was glaubst du wohl? Glaubst du, daß man am hellichten Tag im Bett liegt, wenn man gesund ist?"

Jetzt klang Mama mehr so wie früher.

„Was fehlt dir denn? Bist du sehr krank?"

„Es dauert bestimmt nicht mehr lange. Das ist auch

der Grund, warum ich zurückgekommen bin. Ich möchte in meinen eigenen vier Wänden sterben."

„Aber Mama ..." Schluchzend sank Miranda neben dem Bett auf die Knie und versuchte, Mama zu umarmen.

„Hast du nicht gehört, was ich gesagt habe? Du kannst dich anstecken." Mama schubste sie weg.

Miranda stand auf, während ihr die Tränen über die Wangen strömten. „Soll ich Hilfe holen?" schluchzte sie.

„Mir kann niemand helfen", flüsterte Mama. „Ich kann nur noch aufs Ende warten. Es ist die Schwindsucht. Steh nicht so nah am Bett!"

„Es ist mir egal, ob ich angesteckt werde", sagte Miranda. „Ich will dir helfen." Aber sie trat doch einen Schritt vom Bett zurück.

„Jetzt verstehst du vielleicht, warum ich weggegangen bin", sagte Mama. „Ich wollte meine Kinder nicht anstecken. Für die Kleine wäre es besonders gefährlich ... Wie geht es ihr?"

„Es geht ihr gut ..., sehr gut. Lovisa versorgt sie mit großer Begeisterung."

Mama verzog das Gesicht. Ihre Wangen bekamen ein wenig Farbe. „Das hab ich mir fast gedacht."

„Warum bist du nicht zum Arzt gegangen, als du krank wurdest?" fragte Miranda. „Er hätte dich gesund machen können."

„Wenn man erst mal die Schwindsucht hat, gibt es

keine Heilung", sagte Mama. „Ich wollte es niemandem erzählen. Auch Albert nicht. Dann hätte er nur bereut, daß er mich geheiratet hat. Wer will schon eine lungenkranke Frau?"

„Albert wäre damit fertiggeworden. Er ist doch immer so lieb und hilfsbereit. Ich werd ihn holen."

„Tu das nicht", flüsterte Mama. „Warte, bis ich tot bin. Das dauert bestimmt nicht mehr lange."

Miranda weinte so heftig, daß sie kaum noch sprechen konnte. „Du darfst nicht sterben ... Bestimmt gibt es irgendwo Hilfe für dich. Woher weißt du, daß es Schwindsucht ist?"

„Meine Mutter ist an Schwindsucht gestorben. Das liegt in der Familie. Sie war ungefähr so alt wie ich, als sie starb. Ich war dabei. Sie hat genauso gehustet wie ich ..." Mama schloß die Augen und hustete. Ein langes, trockenes Husten.

„Kann ich dir irgend etwas geben?" schluchzte Miranda. „Hast du irgendeine Medizin?"

„Vielleicht eine Kleinigkeit zu essen", sagte Mama. „Hab schon lang nichts mehr runtergekriegt. In der Speisekammer gibt's was."

Miranda ging in die Küche. In der Speisekammer war sogar reichlich Essen vorhanden: Speck, Wurst, Brot und Kartoffeln. Wie hatte Mama soviel Essen herschleppen können, wenn sie krank war?

Plötzlich wurde alles wieder so wie früher. Miranda kochte Kartoffeln und briet Speck und deckte ein schönes Tablett für Mama. Sie lief in den Garten und pflückte Ringelblumen, die sie in ein Glas stellte.

Als Miranda das Tablett hereinbrachte, sah Mama schon viel munterer aus.

„So sollte man es immer haben", sagte sie und richtete sich im Bett auf. „Wenn ich immer so von meiner Tochter verwöhnt würde, könnte ich vielleicht wieder gesund werden. Weißt du noch, wie es früher war, als wir noch hier wohnten? Schön hatten wir es damals ..."

O ja, Miranda wußte es noch gut. Aber diese Zeit wünschte sie nicht zurück. „Ich möchte, daß du gesund wirst", sagte sie. „Ich werde mit Albert sprechen. Dem fällt bestimmt was ein."

„Untersteh dich", sagte Mama. „Ich möchte in Ruhe und Frieden sterben. Nimm dir doch auch etwas zu essen."

„Ich brauche nichts. Jetzt muß ich aber nach Hause. Lovisa wartet auf mich, sie macht sich Sorgen, wenn ich zu lange wegbleibe."

„Ja, ja, Lovisa geht natürlich vor", sagte Mama.

„Zuerst wasche ich noch das Geschirr ab."

Miranda ging in die Küche und stellte den Zuber auf die Spüle. Sie war sehr unglücklich. Ausgerechnet jetzt, wo alles zum besten stand, kamen die alten Kümmernisse wieder auf sie zu. Mama konnte sagen, was sie wollte, aber man konnte sie unmöglich hier liegen und allein sterben lassen. Albert war Mamas Mann. Er mußte für Mama sorgen.

Natürlich wird alles gut

Frau Blum saß in der Sofaecke und strickte, als Miranda kam. Sie wirkte nicht erstaunt. „Ich hatte es im Gefühl, daß du kommen würdest", sagte sie. „Elvira scheint dich anzuziehen. Sie hat auf dich gewartet."

„Seit wann ist sie wieder hier?"

„Seit drei Tagen."

„Wie ist sie hergekommen?"

„Die übliche Gesellschaft hat sie hergebracht. Zwei Männer, der alte Gaul und der Karren."

„War sie sehr krank, als sie kam?"

„Schwer zu sagen. Bei Elvira weiß man das nie so genau. Sie ist eine gute Schauspielerin."

„Hat sie sich nur verstellt?"

„Wie soll man das wissen? Husten tut sie ja ganz besonders, wenn jemand in der Nähe ist."

„Was soll ich tun? Soll ich den Doktor holen, obwohl sie's nicht will? Sie sagt, sie will in Ruhe sterben."

„Ich glaube nicht, daß sie stirbt. Appetit hat sie jedenfalls. Wenn man im Sterben liegt, futtert man eigentlich nicht ausgerechnet Speck und Kartoffeln. Ich finde, du solltest mit Albert reden. Das hier ist nicht dein Problem. Laß die Erwachsenen damit fertigwerden."

„Jetzt fahre ich zu Albert. Vielen Dank, liebe Frau Blum, daß sie nach Mama schauen."

Miranda flog fast den Weg hinunter. Sie wußte, daß Lovisa wartete, aber vorher mußte sie mit Albert reden.

Albert untersuchte gerade einen alten Schrank mit verblaßter Bauernmalerei. Er lächelte, als er Miranda sah. „Du kommst genau richtig", sagte er. „Hier gibt's einiges zu tun. Reparieren und malen. Hast du Zeit?"

„Morgen fängt die Schule wieder an. Aber ich werde schon Zeit finden ..." Doch dann verstummte sie jäh. Wann sollte sie das schaffen? Es war ja nicht nur die Schule. Lovisa brauchte ihre Hilfe, wenn sie Zeit fürs Weben finden sollte. Der Wandteppich mußte rechtzeitig fertig werden.

„Du siehst unschlüssig aus. Hast du zu viele Hausaufgaben?"

„Es ist nicht nur das. Ich muß Lovisa helfen. Und außerdem ist da noch ein Problem ..."

„Was kannst du schon für Probleme haben?"

Otto kam herein. „Der Kaffee ist fertig. Aha, wir haben Besuch! Für dich wird's auch noch reichen."

„Ich hab keine Zeit. Aber ich muß euch etwas sagen. Mama ist wieder da."

In der Schreinerei wurde es ganz still. Miranda versuchte festzustellen, ob sie sich freuten. Otto sah möglicherweise ein klein wenig erfreut aus.

„Menschenskind", sagte er. „Wo ist sie?"

„Auf dem Eselsberg natürlich."

„Ich nehme mein Fahrrad und fahr sofort hin“, sagte Otto. „Daß Mama wieder da ist ... Warum ist sie nicht direkt hierhergekommen? Und woher weißt du das?“

„Ich hab nachgeschaut. Das hab ich immer wieder getan.“

„Kann ich gleich losfahren?“ Otto sah Albert an.

„Du mußt dich noch etwas gedulden“, sagte Albert. „Miranda muß uns zuerst noch ausführlicher berichten.“

„Mama ist krank. Sie hat die Schwindsucht. Sie liegt im Bett.“

„Woher weißt du, daß sie die Schwindsucht hat?“ fragte Albert.

„Sie hat's mir gesagt. Sie hustet und glaubt, daß sie bald sterben wird. Das war der Grund, warum sie damals auf und davon ist. Sie wollte Eva-Lisa nicht anstecken. Das mit der Schwindsucht weiß sie schon lange.“

„Ist Schwindsucht ansteckend?“ wollte Otto wissen.

„Wenn es überhaupt Schwindsucht ist“, sagte Alfred. „Das muß ein Arzt untersuchen. Ich werd mit ihr zum Doktor fahren.“

„Das will sie nicht“, wandte Miranda ein. „Sie will in Ruhe und Frieden sterben. Sag ihr nicht, daß ich es erzählt habe, sonst regt sie sich nur auf.“

„Du kannst ganz beruhigt sein“, sagte Albert. „Jetzt übernehme ich die Angelegenheit. Fahr du heim zu Lovisa. Und Otto muß mit dem Eselsberg warten, bis ich dort gewesen bin."

Die Sonne durchbrach die Wolkendecke, als Miranda heimwärts radelte. Sie fühlte sich ganz erleichtert. Alles würde gut werden, wenn Albert sich um Mama kümmerte. Vielleicht würde er ihr auch verzeihen, daß sie davongelaufen war. Er mußte doch verstehen, daß sie das nur aus Rücksicht getan hatte – um niemanden anzustecken.

Alles würde gut werden. Der Doktor, würde Mama gesund machen. Eva-Lisa würde zu Mama und Albert zurückkehren, und Lovisa würde nicht mehr so viel arbeiten müssen. Natürlich würde alles gut werden.

Die Wolke

Nein, nichts wurde gut. Seltsam, wie wenig man andere Menschen verstand, obwohl man sie zu kennen glaubte. Jetzt hätte es in Oberkirschberg so richtig schön werden können. Lovisa wollte fleißig weben, und der Wandteppich sollte bald fertig sein. In zwei Wochen war der Abgabetermin, aber es fehlte noch viel an dem Bild.

Als Miranda von der Schule kam, war alles still und stumm, auch das Klopfen des Webstuhls war nicht zu hören. Lovisa saß in der Küche, die Hände im Schoß. Miranda versuchte sie aufzumuntern.

„Wieviel hast du heute geschafft? Bist du schon bei der Sonne?“

„Liebes Kind, so schnell geht das nicht. Aber immerhin habe ich ein paar Sonnenstrahlen zustandegebracht.“

Miranda ging in die Webstube und sah sich den Webteppich an. Sie blieb lange davor stehen. Sie hatte sich alles so schön ausgedacht. Die Sonne durfte man nur ahnen. Sie sollte nur als schwacher Streifen in der einen Ecke oberhalb der Köpfe der Kinder aufleuchten. Aber die Strahlen sollten wie Gold im Himmelsblau schimmern.

Miranda erkannte ihr Bild nicht wieder. Sie stürzte zu Lovisa hinaus. „Was soll denn die Wolke? Auf das Bild gehört doch gar keine Wolke!“

„Ein Himmel ohne Wolken ist uninteressant“, meinte Lovisa. „Wolken muß es geben. Die Sonnenstrahlen brechen dennoch durch. Siehst du das nicht?“

Miranda sank auf einen Stuhl und saß nun Lovisa gegenüber am Küchentisch. Vielleicht hatte ihre Mutter recht. Nichts als blau wäre eintönig. Die Wolke war schön, sie ließ die Sonnenstrahlen leuchtender und den Himmel heller erscheinen. Miranda strich über Lovisas Hand, die müde auf dem Tisch lag. „Du hast recht“, sagte sie. „Jetzt verstehe ich es. Die Wolke gefällt mir.“

Lovisa lächelte und stand auf. „Sei unbesorgt“, sagte sie. „Der Wandteppich wird rechtzeitig fertig. Allerdings glaube ich nicht, daß wir einen Preis kriegen. Wärst du dann sehr traurig?“

„Ich glaube nicht. Es können ja nicht alle einen Preis bekommen. Hauptsache es hat Spaß gemacht. Allerdings hast du kein Geld verdient in der Zeit.“

„Bald fange ich wieder mit den üblichen Webarbeiten an. Ich hab viele Aufträge, die während der Teppichzeit warten mußten. Und solange Eva-Lisa hier war, hat Albert ja für sie bezahlt.“

„Wenn der Schrank erst fertig ist, wird Albert mich auch bezahlen. Hundert Kronen will er mir für die Bemalung geben“, sagte Miranda und folgte Lovisa in die Webstube.

Bevor ihre Mutter wieder zu weben anfing, holte sie eine kleine rosa Socke aus ihrer Schürzentasche. „Die hier kannst du morgen nach der Schule bei Albert vorbeibringen. Die haben sie vergessen.“

„Die ist ihr bestimmt schon zu klein, du brauchst sie doch nicht aufzuheben“, sagte Miranda.

„Bring sie trotzdem hin. Und schau gleichzeitig nach, wie es der kleinen geht.“

Miranda ging in ihr Zimmer. Sie ließ traurig den Kopf hängen. Seit Mama Eva-Lisa abgeholt hatte, gab es keine Freude mehr auf Oberkirschberg. Lovisa schien geglaubt zu haben, daß sie die Kleine für immer behalten durfte. Es war, als hätte sie ihr eigenes Kind verloren. Miranda hatte versucht, vernünftig mit ihr zu reden.

„Du hast die ganze Zeit gewußt, daß Eva-Lisa nur vorübergehend bei dir sein würde. Du hättest darauf gefaßt sein müssen, daß Mama zurückkommt."

„Wieso hätte ich darauf gefaßt sein sollen?"

„Weißt du denn nicht mehr, was sie in dem Brief geschrieben hat? Sie schrieb, daß du für ihr Kind sorgen sollst, so wie sie für dein Kind gesorgt hat. Und dein Kind ist ja zu dir zurückgekommen. Und jetzt ist Eva-Lisa zu ihrer richtigen Mutter zurückgekommen. Du warst froh, als ich zu dir kam. Oder nicht?"

„Natürlich war ich das, mein geliebtes Kind! Nichts auf der Welt hat mich je so froh gemacht. Aber ich möchte am liebsten alle Kinder um mich haben. Nimm es mir nicht übel, daß ich Sehnsucht nach Eva-Lisa habe. Es ist wie ein nagender Schmerz im Herzen. Am schlimmsten ist es morgens, wenn ich im Halbschlaf daliege und auf das fröhliche Gebrabbel warte, das verrät, daß sie wach ist."

„Und gerade das verabscheut Mama, weil sie morgens ausschlafen will. Du solltest Eva-Lisa nachts bei dir haben. Jetzt hast du nur mich, und ich brabble morgens nicht."

Eigentlich mußte man ja froh sein, daß Mama keine Schwindsucht hatte. Doch das war eine heikle Angelegenheit. Niemand sprach gern darüber, daß Mama nur geblufft hatte. Obwohl keiner etwas sagte, war es allen klar.

Mama hatte „das freie Leben" bald satt bekommen.

Sie hatte keine Lust mehr gehabt, mit den Kesselflikkern durch die Gegend zu ziehen und Messer und Scheren zu schleifen. Im Sommer hatte das vielleicht noch Spaß gemacht, aber als es auf den Herbst zuging, war es nicht mehr so lustig gewesen. Es war Mama bestimmt nicht leichtgefallen, wieder in das geordnete Dasein bei Albert zurückzukehren. Außerdem hatte sie befürchten müssen, daß er ihr nicht verzeihen würde. Aber einer bedauernswerten Kranken wollte er nichts nachtragen. Einer Kranken, die sich für ihr Kind geopfert hatte und weggelaufen war, um es nicht anzustecken. Bestimmt war Albert der einzige, der Mama glaubte. Niemand außer ihm glaubte ihr. Nicht einmal Otto. Und erst recht nicht der Doktor. Eine gesündere Lunge könne man gar nicht haben, hatte er gesagt. Kaum eine Erkältung könne er feststellen. Woher der Husten komme, sei ihm schleierhaft.

Doch Mama war das klar. Wer in zugigen Buden hauste und bei jedem Wetter im Karren auf der Landstraße unterwegs war, konnte sich leicht den Tod holen. Aber so ein feiner Herr Doktor interessiere sich natürlich nicht für arme Leute und deren Husten. Damit der Herr Doktor sich interessiere, müßten schon bessere Leute mit vornehmen Krankheiten kommen, sagte sie.

Warte nur bis zum Frühstück

Es war, als wäre Mama keinen Tag von Mann und Kind weggewesen. Sie machte sich in ihrer schönen Küche zu schaffen, und von Husten war nichts zu hören. Miranda hatte soeben die rosa Socke abgegeben.

„Dieses Kind hat so viele Kleider, daß man kaum weiß, wohin damit", sagte Mama. „Lovisa hat wohl den ganzen Tag nur gestrickt und gehäkelt."

„Lovisa arbeitet immerzu", erzählte Miranda. „Sie muß viel weben. Und wenn man kleine Kinder nicht gewöhnt ist, ist so ein Baby ziemlich anstrengend."

„Eva-Lisa ist ein braves Kind", entgegnete Mama. „Aber ich glaube, sie ist ziemlich verwöhnt worden. Sie erwartet, daß man sie beim kleinsten Mucks hochnimmt."

„Lovisa hat sie sehr gut versorgt", sagte Miranda.

„Du darfst nicht glauben, daß ich undankbar bin", sagte Mama. „Ich werde mich schon noch ordentlich bei Lovisa bedanken. Ihr irgendein Geschenk kaufen ... Weißt du, was sie brauchen könnte?"

Miranda überlegte, aber es fiel ihr nichts ein. Lovisa hatte alles. Das einzige, was sie glücklich machen konnte wäre, Eva-Lisa zurückzubekommen. Doch das war ausgeschlossen.

„Vielleicht könntest du ihr Eva-Lisa irgendwann mal leihen“, schlug Miranda vor. „Sie liebt doch so kleine Kinder!“

„Dann muß sie sich eben eigene anschaffen“, erwiderte Mama.

„Meines kriegt sie nicht. Es reicht, daß sie dich bekommen hat. Und Eva-Lisa hat sie lang genug gehabt. Vielleicht ist sie mir nur dankbar, daß sie das Kind während meiner Krankheit hat haben dürfen.“

„Warst du sehr krank? Hast du die ganze Zeit im Bett liegen müssen?“

Darauf antwortete Mama nicht, denn Otto tauchte in der Tür auf.

„Gibt's nicht bald was zu essen? Vater und ich haben Kohldampf.“

„Sofort, der Herr“, lachte Mama und rührte in ihren Kochtöpfen. „Meine beiden Männer sind große Esser. Aber das ist nur gut. Ich koche mit Vergnügen, wenn die Speisekammer voll ist.“

Aus dem Schlafzimmer ließ sich Eva-Lisa vernehmen.

„Und die Kleine ist auch kein Kostverächter“, fuhr Mama fort. „Ist ein richtiges Dickerchen geworden. Jetzt muß ich ein wenig bremsen. Ich mag keine dicken Kinder.“

Albert steckte den Kopf in die Küche. „Es riecht nach Essen. Ich krieg allmählich Hunger.“

„Ihr müßt euch noch etwas gedulden“, sagte Mama.

„Während meiner Krankheit seid ihr alle dick geworden. Wer hat euch so gemästet?“

„Wir haben uns selbst gemästet“, sagte Albert. „Und Lovisa hat uns ab und zu etwas zugesteckt.“

„Bauernessen“, meinte Mama. „Das macht dick.“

„Du hast auch nicht gerade Not gelitten“, sagte Albert. „Abgenommen hast du wenigstens nicht während deiner Krankheit.“

„Unsinn, ich war noch nie so dünn“, widersprach Mama. „Deck bitte den Tisch, Miranda. Du kannst ruhig mitessen.“

Miranda hatte Eva-Lisa aus dem Bett genommen. Die Kleine sah verschlafen und rosig aus.

„Danke, ich muß schnell nach Hause. Hab noch was zu erledigen.“ Sie reichte Eva-Lisa an Albert.

Mit der Kleinen im Arm setzte sich Albert aufs Sofa und legte seine bärtige Wange an ihr helles Haar. „Ein Prachtkind“, sagte er. „Hast Glück gehabt, Elvira, daß du so eine gute Kinderpflegerin gehabt hast, während du weg warst.“

„Ich wußte, daß ihr das schafft“, sagte Mama. „Sonst wäre ich nicht weggegangen. So habt ihr mich während meiner Krankheit wenigstens nicht pflegen müssen. Das wäre anstrengender gewesen, als ein kleines Kind zu versorgen.“

Miranda ging zur Tür. Sie wollte nichts mehr über diese Krankheit hören. Komisch, daß Albert daran glaubte. Er sah doch, daß es Mama gutgegangen war, so rund und rotbackig, wie sie aussah.

Otto begleitete sie in den Flur hinaus. „Was sagst du zu Mama? Glaubst du das mit der Schwindsucht?"

„Kein Wort! Du hast doch gehört, was der Doktor gesagt hat. Aber es ist ja nur gut, daß Albert ihr glaubt."

„Vater ist ein bißchen einfältig", sagte Otto. „Fällt auf alles rein ..."

„Wahrscheinlich, weil er so lieb ist. Ein Glück für Mama. Jetzt wird sie hoffentlich dableiben. Jetzt braucht man sich hoffentlich keine Sorgen mehr um sie zu machen."

„Bei Mama weiß man das nie", sagte Otto. „Im Herbst und im Winter gibt sie wahrscheinlich Ruhe, aber warte nur bis zum Frühjahr, wenn sie wieder anfängt, vom ‚freien Leben' zu faseln ..."

„Das würde ich ihr nie verzeihen", sagte Miranda. „Wenn sie Eva-Lisa noch einmal verläßt, weiß ich nicht, was ich tue. Sie kann nicht damit rechnen, daß Lovisa jedesmal einspringt. Dann seid ihr an der Reihe, du und Albert."

„Nie im Leben. Ich hab keine Lust, auf irgendwelche Gören aufzupassen. Das ist Weibersache."

„Es ist schließlich deine Schwester, nicht meine. Und Alberts Kind ist sie auch nicht. Du bist der einzige, der mit ihr verwandt ist, außer den Eltern."

„Otto", rief Mama aus der Küche. „Komm zum Essen!"

„Ich geh jetzt", sagte Miranda. „Und worüber streiten

10 4784-12

wir uns eigentlich? Jetzt ist doch alles gut. Mama geht bestimmt nicht noch einmal auf und davon, jetzt, wo sie keine Schwindsucht mehr als Ausrede hat. So ein liebes Kind wie Eva-Lisa kann sie nicht im Stich lassen – ihr eigenes Kind ...“

Aber Otto hörte sie nicht mehr. Er war schon in der Küche verschwunden.

Miranda beeilte sich, nach Hause zu kommen.

Eine schlimme Krankheit

In diesem Herbst wurde die Stadt von einer schlimmen Krankheit heimgesucht. Kinderlähmung wurde sie genannt, obwohl nicht nur Kinder daran erkrankten. Die Krankheit brach mal bei diesem, mal bei jenem aus, oft dort, wo man es am wenigsten vermutete. Sogar beim Doktor in der Villa Ellen-Hill hatte sie Einzug gehalten. Der kleine Robert war erkrankt, und der Doktor hatte seine Praxis geschlossen, um seinen Sohn selbst im Krankenhaus zu pflegen. Gull mußte von der Schule fernbleiben, weil man nicht wußte, ob sie sich angesteckt hatte und andere anstecken würde.

Es war eine schreckliche Krankheit, das hörte man schon am Namen. Man konnte gelähmt werden, so daß man den Rest seines Lebens im Rollstuhl verbringen mußte. Alle waren aufgeschreckt und fürchteten sich davor, gelähmt zu werden. Es hieß, Robert könne nicht mehr gehen.

Miranda war sehr beunruhigt. „Ich kann die Krankheit kriegen“, sagte sie zu Lovisa. „Kurz bevor Robert krank wurde, war ich dort. Er kann mich angesteckt haben.“

„Seine Schwestern sind nicht krank geworden“, sagte Lovisa, „obwohl sie täglich mit ihm zusammen waren. Da brauchst du dir keine Sorgen zu machen.“

Aber Miranda war trotzdem beunruhigt. Sie versuchte sich vorzustellen, wie es wäre, im Rollstuhl zu sitzen und nie mehr herumlaufen zu können. Oder an Armen und Händen gelähmt zu sein. Das wäre noch schlimmer, dann könnte sie nicht mehr malen. Jeden Morgen blieb sie lange im Bett liegen und prüfte, ob sie sämtliche Gliedmaßen noch bewegen konnte. Aber sie hatte Glück und blieb gesund. Schließlich vergaß sie, Angst zu haben.

Andere dagegen wurden nicht verschont. Als sie eines Tages aus der Schule kam, saß der Holzhacker Anders auf dem Küchensofa und weinte. Es war schrecklich, einen Erwachsenen weinen zu sehen – vor allem einen großen, starken Mann. Lovisa saß neben ihm und hatte ihm den Arm um die Schultern gelegt. Miranda blieb an der Tür stehen.

„Was ist los?“ flüsterte sie. „Was ist passiert?“

Lovisa stand auf. „Komm, wir gehen in dein Zimmer“, sagte sie.

Miranda warf einen erschrockenen Blick auf Anders und folgte Lovisa.

„Johannes liegt im Krankenhaus", flüsterte ihre Mutter. „Mit Kinderlähmung. Er ist sehr krank."

Johannes war Anders' ältester Sohn, der den Hof übernehmen sollte.

„Ist er gelähmt?" fragte Miranda.

„Total", sagte Lovisa. „Er kann nicht mehr atmen. Jetzt liegt er in einer Art Maschine, die ihm beim Atmen hilft."

„Der arme Johannes", sagte Miranda. „Und der arme Anders."

„Wie soll man da nur trösten können?" meinte Lovisa und ging in die Küche zurück.

Miranda blieb mitten im Zimmer stehen. Sie zitterte am ganzen Leib und fühlte sich elend. Es war, als wäre die Krankheit plötzlich nach Oberkirschberg gekommen. Warum war Anders hergekommen, wo er doch vielleicht andere anstecken konnte? Lovisa konnte krank werden. Und Miranda selbst auch ... Diese Krankheit war schlimmer als die Schwindsucht. An Schwindsucht starb man, oder man wurde wieder gesund. Davon wurde man wenigstens nicht für den Rest seines Lebens gelähmt.

Wenn Anders nur nicht gekommen wäre! Miranda wollte sich nicht in seiner Nähe aufhalten. Sie schämte sich, weil sie so feige war und weil sie sich über Lovisa ärgerte, die arglos neben ihm saß.

Sie setzte sich auf die Bettkante. Die Küche würde sie erst wieder betreten, wenn Anders gegangen war. Schließlich machte Lovisa die Tür einen Spaltbreit auf.

„Ist er fort?“ fragte Miranda. „Warum kommt er hierher und steckt uns alle an?“

„Wie sprichst du denn ... Er mußte mit jemandem reden.“

„Hat er denn nicht daran gedacht, daß du auch krank werden kannst?“

„Auf die Art steckt man sich nicht an.“

„Woher weißt du das? Wie steckt man sich denn an?“

„Das weiß niemand so genau. Man muß vielleicht besonders empfänglich sein, um die Krankheit zu kriegen.“

„Woher willst du wissen, daß du nicht besonders empfänglich bist? Woher kann Anders das wissen? Es war nicht recht von ihm, herzukommen.“

„Du bist ziemlich grausam, mein Kind. Gerade dann, wenn man es schwer hat, braucht man doch seine Freunde.“

„Aber man darf sie nicht anstecken ...“

„So, jetzt reden wir nicht mehr darüber“, meinte Lovisa.

„Ich wische das Küchensofa ab, und dann wasche ich mich gründlich. Du kannst ganz unbesorgt sein. Wie war's in der Schule?“

„Wie immer. Wir waschen und waschen uns, und in den Pausen sprechen wir über die Krankheit. Alle haben Angst. Und viele kennen Leute, die krank geworden sind. Gull ist immer noch daheim, die Gouvernante ihrer kleinen Schwestern gibt ihr Unterricht. Robert scheint ein gelähmtes Bein zu haben, doch die Lähmung läßt angeblich schon ein wenig nach."

Lovisa ging in die Küche, aber Miranda wartete noch ein Weilchen, bis das Küchensofa abgewischt war. Plötzlich fiel ihr etwas ein, das ihr Kopfzerbrechen bereitete.

Als Lovisa sich an den Webstuhl gesetzt hatte, fragte Miranda sie: „Was passiert, wenn Johannes nicht wieder gesund wird? Dann kann er den Hof nicht übernehmen, und du kannst Anders nicht heiraten."

„Die Frage ist jetzt nicht aktuell", erwiderte Lovisa. „Jetzt haben wir anderes zu bedenken. Und Anders und ich haben schon lange nicht mehr darüber gesprochen. Wir haben es gut, so wie es ist – wenigstens du und ich. Nicht wahr?"

„Das habe ich dir schon immer gesagt. Ich habe mich ständig gefragt, warum sich dieser Anders andauernd hier herumtreibt."

„Du zerbrichst dir wohl über so manches den Kopf, mein Kind. Aber wenn gute Nachbarn miteinander verkehren, ist das kein Grund zum Grübeln. So, und jetzt muß ich mich meinem Webstuhl widmen. Bald müssen wir unser Werk abliefern."

„Ich werd hinter dir her sein, damit du ja nicht bummelst", sagte Miranda. „Niemand darf dich stören." Und im stillen dachte sie: Und keine Krankheit darf dich hindern.

Der Wandteppich ist fertig

Zwei Tage vor dem letzten Ablieferungstermin war der Wandteppich fertig. Albert half, ihn auf einer dünnen Holzplatte aufzuspannen. Und er versprach, ihn mit seinem Lastwagen zum Gemeindehaus zu transportieren. Sie hatten das Bild aufs Küchensofa gestellt und betrachteten es, während sie auf Albert warteten.

„Bist du zufrieden damit?" fragte Lovisa. „Ist es so geworden, wie du es dir vorgestellt hast?"

Miranda zögerte etwas mit der Antwort. Sie hatte fast vergessen, wie sie es sich ursprünglich vorgestellt hatte. Eine Skizze auf Papier und ein gewebter Teppich, das konnte gar nicht gleich werden. Lovisa hatte etwas Eigenes mit hineingewoben. Diese Wolke zum Beispiel, die wie eine Bedrohung über den Köpfen der Kinder hing. Auch Kindern konnte etwas Schlimmes widerfahren.

Doch die Blumengesichter der Kinder waren hell und voller Zuversicht. Sie ahnten nicht, was aus der Wolke kommen konnte. Sie wandten sich Jesus zu und kümmerten sich nicht um das Bedrohliche über ihren Köpfen. Sie fühlten sich geborgen.

„Die Wolke bedeutet etwas ganz Besonderes“, sagte Miranda schließlich. „Mehr als ich anfangs dachte.“

Albert kam herein und stellte sich neben sie. „Du hast recht“, sagte er. „Ohne die Wolke wäre alles zu glatt. Diese Wolke gibt dem Bild mehr Gewicht. Ihr habt da etwas sehr Schönes gemacht, ihr beiden. Und jetzt fahre ich los damit. Wollt ihr mitkommen?“

„Es reicht, wenn Miranda mitfährt“, antwortete Lovisa. „Ich hab noch was zu erledigen.“

Albert trug das Bild hinaus und legte es behutsam auf die Ladefläche des Lastwagens. Beinahe zärtlich breitete er eine Wolldecke darüber. Miranda kletterte ins Fahrerhaus. Sie wußte, was Lovisa zu „erledigen“ hatte. Und das gefiel ihr ganz und gar nicht. Es ging um Anders. Fast jeden Tag saß er mit seinen ansteckenden Viren auf dem Küchensofa und ließ sich von Lovisa trösten.

Natürlich tat ihr Anders leid. Es mußte schrecklich sein, ein Kind zu haben, das vielleicht sterben würde. Er brauchte jeden erdenklichen Trost. Aber er sollte nicht nach Oberkirschberg kommen und Lovisa anstecken. Miranda verdrückte sich jedesmal, wenn er kam. Jetzt sprach sie mit Albert darüber.

„Es ist nicht in Ordnung“, sagte sie. „Er sollte an Lovisa denken.“

„Man denkt vielleicht nicht soviel an andere, wenn man sehr traurig ist“, sagte Albert.

„Irgend jemand müßte es ihm sagen“, meinte

Miranda. „Ich selbst trau mich nicht.“

„Mach dir keine Sorgen. Wenn es Gottes Wille ist, daß es einen trifft, dann trifft es einen.“

„Das halte ich für dummes Geschwätz“, sagte Miranda. „Wenn man so denkt, braucht man ja alles Schlimme bloß passieren zu lassen, ohne selbst etwas dagegen zu tun. Dann wird man ja wie ein Paket, das irgend jemand in der Gegend herumschiebt.“

„Gott sorgt schon dafür, daß alle kämpfen und versuchen, mit ihrem Leben zurechtzukommen. Und grübel jetzt nicht mehr so viel über die Krankheit nach. Niemand weiß, wie sie zuschlägt. Wir müssen ganz normal weiterleben und uns besonders sauberhalten.“

„Ich tu nichts anderes, als mich waschen“, erklärte Miranda. Meine Hände sind schon ganz wund.

„Nachdem sie das Bild abgeliefert hatten, fuhr Albert sie nach Hause und ließ sie am Tor aussteigen. Langsam überquerte Miranda den Hof. Es war, als fehlte etwas, nachdem das Klopfen des Webstuhls verstummt war. Still und schweigend lag Oberkirschberg in der Nachmittagssonne. Miranda schlich auf Zehenspitzen hinein. Wenn Anders da wäre, würde sie sich in ihr Zimmer verziehen und ihn nicht begrüßen.

Aber Lovisa war allein. Sie saß vor dem leeren Webstuhl und sah traurig aus.

„Fehlt dir der Wandteppich auch?“ fragte Miranda.

„Er fehlt mir sehr. Was soll ich jetzt tun? Nach dieser

schönen Arbeit wieder mit Handtüchern anfangen, ist irgendwie unbefriedigend. Was haben sie im Gemeindehaus gesagt?"

„Nichts Besonderes. Die lange Gemeindeschwester hat den Wandteppich in Empfang genommen. Wir mußten ihn in den großen Saal bringen. Dort standen schon viele andere Sachen, die wahrscheinlich auch zum Wettbewerb gehörten. Bilder und Skulpturen. Und ein holzgeschnitztes Bild."

„Da haben wir bestimmt keine Chance", meinte Lovisa. „Eine Skulptur ist natürlich interessanter. Hat diese Gemeindeschwester tatsächlich nichts gesagt?"

„Keinen Ton. Nur: ‚Stellt es dort in die Ecke'. Wir mußten den Teppich ganz hinten in eine finstere Ecke stellen, wo man ihn kaum sieht."

„Bestimmt wird er hervorgeholt, wenn die Jury die Kunstwerke beurteilt."

„Ist Anders hiergewesen? Wie geht es Johannes?"

„Anders hat sich heute noch nicht blicken lassen. Ich überlege, ob ich zu ihm rübergehen und nachfragen soll."

Miranda wollte schon sagen, daß Lovisa das unter keinen Umständen tun sollte – ja nicht direkt in diese Brutstätte von Ansteckung und Krankheit gehen! Doch das erübrigte sich. Im Vorraum ertönten Schritte. Bevor sie dazu kamen, aufzustehen, erschien Anders in der Tür. Er war ganz weiß im Gesicht.

„Es ist zu Ende", sagte er. „Johannes ist tot." Und

damit lehnte er den Kopf an den Türpfosten und weinte.

Lovisa ging zu ihm hin und nahm ihn in die Arme. Miranda verzog sich rasch in ihr Zimmer und schloß die Tür.

Aber leicht ist es nicht

Lovisa und Miranda gingen langsam von der Beerdigung nach Hause. Lovisa war schwarz gekleidet. Miranda hatte ihren normalen dunkelblauen Mantel an. Sie unterhielten sich leise.

„Es war eine schöne Beerdigung", sagte Lovisa. „So viele Menschen, die einem jungen Mann die letzte Ehre erweisen wollten."

„Beerdigungen sind was Schreckliches", meinte Miranda. „Es wäre besser, wenn nicht so viele Leute kämen – nur die Angehörigen, das reicht doch. Und daß hinterher soviel gegessen wird! Das Ganze sollte nur in der Kirche stattfinden. Sonst wird es ja fast wie ein Fest."

„Es ist nunmal ein alter Brauch", sagte Lovisa.

„Manche Bräuche sind dumm."

„Da kann ich dir nicht zustimmen. Die Trauernden brauchen das tröstliche Gefühl, daß viele Menschen um sie sind. Menschen, die Anteil nehmen am Leid."

„Manche kommen wohl bloß, um zu essen", sagte Miranda. „Wie die sich vollgestopft haben! Das Trauern haben sie ganz vergessen. Viele haben gelacht und geschwatzt, als wäre gar nichts vorgefallen."

„Auch das ist bei Beerdigungen üblich. Das ist wie eine Art Medizin. Für kurze Zeit läßt der Schmerz ein wenig nach. Aber die Trauer bleibt."

„Auf deiner Beerdigung werde ich auf jeden Fall nicht essen und lachen", sagte Miranda erbost."

„Danke ..."

Daheim zogen sie wieder Alltagskleider an. Lovisa setzte sich an den Webstuhl, um Handtücher zu weben. Jetzt war alles wieder wie immer. Miranda machte Hausaufgaben. So arbeiteten sie ein paar Stunden.

Später setzten sie sich an den Küchentisch und aßen zu Abend. Nach dem Festessen in Backelid waren sie noch ziemlich satt. Lange schwiegen beide.

„Ob der Kunstwettbewerb wohl schon entschieden ist?" fragte Miranda schließlich, als Lovisa den Tisch abräumte.

„Das dauert bestimmt noch", meinte Lovisa und setzte sich wieder. „Du hast gesagt, daß viele Sachen eingereicht worden sind. Wie erfährt man übrigens, ob man gewonnen hat?"

„Das steht bestimmt in der Zeitung."

„Ich schaue jeden Tag nach", sagte Lovisa. „Aber wir dürfen uns nichts einbilden. Sei ja nicht enttäuscht, falls wir erfahren, daß wir die Letzten geworden sind."

„Auf jeden Fall hat's Spaß gemacht", sagte Miranda. „Wenn niemand unser Werk kaufen will, können wir es verschenken."

„Es würde gut für den Kindergottesdienst passen", sagte Lovisa.

„Der Kindergottesdienst ist doch in der Kirche. Und da hängen sie bestimmt kein Bild rein."

„Irgendwo an der Seite", meinte Lovisa. „Das würde gut passen."

„Nein, in die Kirche kommt es nicht. Unser Teppich darf nicht irgendwo an der Seite hängen. Wir hängen ihn übers Küchensofa. Den alten Wandbehang nehmen wir ab und hängen ihn über mein Bett. „*Morgenstund' hat Gold im Mund*, das paßt gut über ein Bett."

„Nicht für dich, du kleiner Siebenschläfer", lachte Lovisa.

„Noch was geht mir im Kopf herum", sagte Miranda.

„Etwas, wobei ich dir helfen kann?"

„Ich überlege, was jetzt mit Anders wird. Jetzt, wo Johannes nicht mehr da ist und den Hof übernimmt, kann Anders wohl nicht herziehen und hier Bauer werden. Der andere Sohn ist noch zu jung, es dauert lange, bis er erwachsen ist."

„Wir ziehen vielleicht zu Anders."

„Wir?"

„Ja, du und ich ..."

„Niemals! Ich will mein ganzes Leben in Oberkirschberg bleiben. Soll unser Haus denn leer stehen?" empörte sich Miranda.

„Wir könnten es bis auf weiteres vermieten. Das Land ist ja bereits an Mattsson verpachtet. Irgend jemand könnte ein paar Jahre hier wohnen. Jemand, der in der Stadt arbeitet. Wenn Anders' Sohn alt genug ist, um Backelid zu übernehmen, ziehen wir zurück. Wir vermieten Oberkirschberg für fünf oder sechs Jahre."

„Da bin ich ja erwachsen. Vielleicht fahre ich dann fort und wohne nie mehr in Oberkirschberg. Ich begreife nicht, daß du es über dich bringst, dein eigenes Zuhause zu verlassen, um bei Fremden zu wohnen!" Miranda war den Tränen nahe.

„Anders ist kein Fremder für mich. Wir haben beschlossen, unser restliches Leben zusammen zu verbringen. Wir haben lange genug gewartet und sind nicht mehr die Jüngsten. Ein Haus soll uns dabei nicht im Wege stehen. Anders' alte Haushälterin wird bald aufhören. Dann braucht er eine Frau im Haus."

„Wirst du dann wieder Kühe melken? Vielleicht hast du das inzwischen verlernt ..."

„So was verlernt man nicht. Im übrigen hat Anders sowohl einen Knecht als auch eine Stallmagd."

Miranda saß mit gesenktem Kopf da. Es gab so vieles, was sie sagen wollte. Am liebsten hätte sie den Teller an die Wand geworfen und geschrien, daß Lovisa Blödsinn daherrede. Natürlich waren Häuser wichtig! So ein schönes Haus konnte man doch nicht wildfremden Menschen überlassen, die vielleicht gar nicht sorgsam damit umgingen! Anders und Lovisa konnten doch weiterhin in ihren Häusern wohnen bleiben wie bisher. Von Oberkirschberg nach Backelid war es nicht weit.

Allerdings ... Warum sollten zwei Menschen, die sich gern hatten und einander brauchten, getrennt wohnen? Jeder für sich in einem riesigen Haus? Menschen bedeuten tatsächlich mehr als Häuser. Aber Mama liebt ihre kleine Bruchbude auf dem Eselsberg. Sie hatte immerzu Heimweh danach, obwohl sie es bei Albert so schön hatte. Lovisa liebte Oberkirschberg bestimmt genauso. Irgendwann mußte man sich jedoch entscheiden. Und Lovisa wählte Anders. Da durfte Miranda sich nicht einmischen.

„Bist du in Anders verliebt?"

„Verliebt ist vielleicht nicht das richtige Wort. Ich habe ihn immer sehr gemocht. Einen besseren Mann gibt es nicht. Und jeder von uns hat einmal seine große Liebe gehabt. Jetzt wissen wir, daß wir einander sehr lieb haben und zusammen leben wollen. Wir brauchen einander."

„Heirate Anders, ich werde keine Schwierigkeiten machen."

„Auf Backelid kriegst du ein großes, schönes Zimmer", sagte Lovisa. „Bestimmt wirst du dich wohl fühlen. Und mit der Zeit wirst du auch deinen neuen Bruder liebgewinnen."

Miranda schnaubte verächtlich. „Dieser Langweiler ..."

„Kristian ist ein lieber, anständiger Junge. Du kennst ihn nicht."

„Komisch, daß ein Einzelkind wie ich so viele Geschwister hat", sagte Miranda. „Ich habe Otto und Eva-Lisa, und jetzt zwingst du mir auch noch Anders' Sohn auf."

Lovisa lächelte.

„Aber deine Mutter bin nur ich. Wir beide gehören zusammen. Über die anderen, die wir um uns haben und die wir gern haben, wollen wir uns freuen. Vergiß das nicht!"

„Ich werd's versuchen ... Aber leicht ist es nicht."

Backelid

Miranda war mit einem Fleischauflauf und einem frischgebackenen Rührkuchen nach Backelid unterwegs. Die Haushälterin hatte Ausgang, und Lovisa schien zu glauben, daß sie in Backelid am Verhungern waren.

„Ich hätte sie zum Essen einladen sollen", sagte Lovisa. „Aber heute kommt die Verwandtschaft."

Miranda wußte, daß die Verwandtschaft wieder über Oberkirschberg reden würde – es mußte beschlossen werden, an wen das Haus vermietet werden sollte, wenn Lovisa nach Backelid zog.

Miranda zögerte, bevor sie in den Hof trat. Hoffentlich tauchte jemand hier draußen auf, dann brauchte sie nicht ins Haus zu gehen. Aber kein Mensch war zu sehen. Es war ein grauer, windiger Tag. Gelbes Laub wirbelte über den Hofplatz. Das große rote, zweigeschossige Haus lag oben auf einer schönen Anhöhe. Wer Oberkirschberg nicht kannte, würde bestimmt gern auf so einen prächtigen Hof ziehen. Der See war ganz in der Nähe. Zwischen den Obstbäumen hinterm Haus schimmerte Wasser.

Miranda öffnete das Tor und überquerte den Hof mit raschen Schritten. An der Querwand, die zum Kuhstall hinausging, war ein extra Kücheneingang. Sie klopfte an die Tür, aber niemand antwortete. Also trat sie in einen großen Vorraum, wo die Stallkleider hingen. Das roch man deutlich. In Oberkirschberg roch es nie nach Stall.

Die Tür zur Küche stand offen. Die Küche war groß und hell wie in Oberkirschberg, aber so ordentlich und adrett wie dort war sie nicht. Ungespültes Geschirr stand herum, auf dem Küchensofa lagen hingeworfene Kleider, und auf dem Küchentisch lag eine aufgeschlagene Zeitung.

Miranda blieb eine Weile stehen und schaute sich suchend um. Vielleicht konnte sie ihren Korb auf den Tisch stellen und dann gleich wieder verschwinden.

11 4784-12

Anders würde bestimmt verstehen, wer die Leckereien geschickt hatte. So brauchte sie nicht zu bleiben und sich zu unterhalten. Sie hatte Anders und seinem Sohn nichts zu sagen. Aber in der Tür begegnete sie dem Jungen.

Er sah sie erstaunt an. „Was tust du denn hier?"

Das klang nicht besonders freundlich. Er warf seine Jacke aufs Sofa.

„Ich bringe Essen von Lovisa. Sie glaubt, daß ihr am Verhungern seid."

„Das sind wir nicht. Aber es ist trotzdem nett von ihr. Sag ihr vielen Dank. Wenn du mit Vater sprechen willst, er ist im Stall."

„Ich will ihn nicht sprechen. Aber den Korb nehme ich wieder mit."

Sie nahmen den Auflauf und den Kuchen heraus. Der Junge lächelte, als er ihr den Korb reichte. Eigentlich sah er gar nicht so übel aus. Lang und schmal mit flachsblondem Haar und hellblauen Augen. Seine Wimpern waren dagegen ungewöhnlich dunkel.

„Sieht ganz so aus, als ob wir bald verwandt würden", bemerkte er. „Was sagst du dazu?"

„Was soll man schon sagen? Was sagst du?"

„Ich hab zuerst gefragt. Willst du meinen Vater als Vater haben?"

„Er wird nie mein Vater sein, so wie Lovisa nie deine Mutter sein wird. Aber wir können sie ja nicht daran hindern, zu heiraten. Mir gefällt's nicht. Und dir?"

„Ich mag Lovisa und will, daß sie hier bei uns wohnt. Und von mir aus kannst du ruhig mitkommen. Vielleicht kannst du uns ein bißchen aufmuntern. Hier ist es ziemlich düster."

„Ich hab nicht vor, euch aufzumuntern."

„Du könntest dir doch ein bißchen Mühe geben."

„Mal sehen", sagte Miranda und ging zur Tür.

„Bleib doch noch, wenn du schon hier bist", sagte er.

„Und wozu soll das gut sein?"

„Wenn wir so eine Art Geschwister werden sollen, müssen wir uns doch irgendwie kennenlernen."

„Ich weiß nicht einmal, wie du heißt."

„Ich heiße Kristian."

„Das mit Johannes tut mir leid", sagte Miranda, und plötzlich fiel ihr ein, daß die Kinderlähmung hier ganz besonders schlimm gewütet hatte. Hier mußte alles fürchterlich ansteckend sein. Vielleicht trug Kristian die Krankheit schon in sich. „Habt ihr keine Angst, daß ihr euch auch angesteckt habt?"

„Wir haben keine Angst."

„Ich muß jetzt gehen", sagte Miranda.

Es war ihr egal, ob er merkte, daß sie Angst hatte. Sie lief rasch hinaus, sah aber, daß er ein enttäuschtes Gesicht machte. Wahrscheinlich fühlten er und Anders sich hier sehr einsam. Ein Glück für sie, daß Lovisa zu ihnen kommen würde. Die Haushälterin war alt und streng. Hier war jemand nötig, der Gemütlichkeit verbreiten konnte. Das war es, was in Backelid fehlte.

Wenn die Zeit reif ist

Lovisa hatte Harrys Eltern zu einem guten Essen eingeladen.

Jetzt saßen sie im großen Saal und unterhielten sich und machten ernste Gesichter. Miranda wußte, daß sie über Oberkirschberg sprachen, und da waren jugendliche Zuhörer unerwünscht. Harry und Miranda setzten sich in die Küche. Es war lange her, seit sie Harry getroffen hatte. Plötzlich fühlte sie sich ihm gegenüber schüchtern. Er schien älter geworden zu sein, seit er das Gymnasium in der großen Stadt besuchte.

Er lächelte, als sie sich genau wie früher am Küchentisch gegenüber saßen.

„Du hast mit gefehlt, Kusinchen. Hast du nach mir Sehnsucht gehabt?"

„Nach eingebildeten Vettern sehnt man sich nicht."

„Auch kein kleines bißchen?"

„Vielleicht ein klein wenig. Ungefähr soviel, wie du nach mir gehabt hast."

„Dann war es sehr viel."

„Haha! Wo es in der Großstadt so viele Mädchen gibt."

„Davon weißt du doch gar nichts. Keine ist wie du ... So hübsch ..."

„Noch mal haha! Was verstehst du unter hübsch? Blonde Locken, blaue Augen und Lachgrübchen?"

„Ist lange her, daß ich das schön fand. Mir gefallen Mädchen wie du, leicht verrückt ..."

„Bin ich verrückt?"

„Nein, aber lustig ... Nicht so wie die anderen ..." Er legte seine Hände auf ihre eine Hand, die auf dem Tisch lag, und sie zog sie nicht weg.

„Was treibst du denn so?" fragte er. „Hast du noch Nachhilfe bei Herrn Bengtsson? Malst du viel? Triffst du viele Jungen?"

„Ich brauche keine Nachhilfe mehr, in der Schule komme ich gut zurecht. Und ich zeichne und male jede freie Minute. In der Schule treffe ich viele Jungen. Übrigens hab ich vorhin erst einen neuen Jungen kennengelernt, der mein Bruder werden soll."

„Der Junge von Backelid", sagte Harry. „Davon hab ich gehört. Das ist es auch, was sie jetzt da drin besprechen – daß Lovisa vielleicht aus Oberkirschberg wegzieht. Was hältst du davon?"

„Ich finde es sehr traurig. Für mich gibt es nichts Schöneres als Oberkirschberg. Aber Lovisa hat ziemlich viele Scherereien damit. Ihr gehört der Hof ja nicht allein, da gibt's viele, die mitbestimmen müssen."

„Ihr gehört der größte Anteil", sagte Harry. „Sie hat ein Darlehen bei der Bank aufgenommen, und außerdem hat sie Wald verkauft. Glaubst du wirklich, daß sie diesen Kerl aus Backelid heiraten wird?"

„Anders ist kein Kerl. Und sie hat ihn gern. Sie kann schließlich heiraten, wen sie will."

„Klar kann sie das. Aber wie findest du das?"

„Spielt doch keine Rolle, wie ich das finde. Schade, daß du noch nicht erwachsen bist. Dann hättest du herziehen und Bauer werden können."

„Wenn du nicht Bäuerin werden willst, hat das keinen Sinn. Aber wir könnten trotzdem hier wohnen. Das Land verpachten wir, genau wie Lovisa. Das darfst du später mal alles bestimmen. Du wirst ja den Hof erben."

„Ha, du willst bloß mein Haus! Ich heirate keinen, der hinter meinem Geld her ist."

„Hast du etwa Geld? Wo denn, bitte schön?"

„Das wüßtest du wohl gern. Ich hab's versteckt, das kriegst du nie."

„Ich pfeif auf dein Geld, Hauptsache, du heiratest mich."

„Es ist verboten, seinen Vetter zu heiraten."

„Ist es gar nicht. Und du hast es versprochen."

„Hab ich nicht. Übrigens will ich mich vorher noch umschauen."

„Hast du schon jemanden im Auge?"

„Vielleicht. Die Auswahl ist groß. In zehn Jahren ungefähr werde ich mich entscheiden."

Er seufzte und ließ ihre Hand los, die ihr plötzlich irgendwie leer vorkam. Miranda hatte es gern, wenn er ihre Hand hielt.

„Zehn Jahre sind eine lange Zeit", meinte er.

„In der Zeit bringen wir die Schule hinter uns und lernen einen Beruf. Was willst du werden?“

„Da du offensichtlich nicht willst, daß ich Bauer werde, entscheide ich mich vielleicht für Ingenieur oder Tierarzt. Was hältst du davon?“

„Das mußt du selbst wissen.“

„Wenn ich Tierarzt werde, wirst du dann meine Assistentin? Magst du Tiere?“

„Ja, aber ich will Künstlerin werden. Da hab ich keine Zeit, deine Assistentin zu sein.“

„Na, dann werde ich eben allein zurechtkommen müssen ... Jetzt rühren sie sich da drin. Die Sitzung ist beendet.“ Er stand rasch auf und zog Miranda von ihrem Stuhl hoch. „Ich muß dich noch einmal umarmen, bevor ich gehe. Heute abend reise ich wieder ab, und dann sehen wir uns vielleicht erst wieder an Weihnachten.“

Er nahm sie in die Arme. Miranda drehte den Kopf weg. Jungen wollten immer nur küssen.

Aber bevor die Erwachsenen in der Küche auftauchten, hatte er sie trotzdem geküßt, der Kuß landete allerdings auf der Nasenspitze.

„Meine Lieblingskusine“, flüsterte er. „Vergiß mich nicht.“

Die Erwachsenen kamen in die Küche. Sie sahen froh und zufrieden aus. Bestimmt hatten sie eine gute Lösung für Oberkirschberg gefunden, sonst würde Lovisa nicht so vergnügt lächeln.

Miranda stand am Küchenfenster und sah Harrys Familie in der Herbstdämmerung über den Hof wandern. Harry drehte sich um. Sie ahnte, daß er ihr zulächelte.

„Jetzt ist alles geklärt“, sagte Lovisa. „Wir vermieten Oberkirschberg für ein paar Jahre. Mein Bruder hat Freunde, die gern auf dem Land wohnen wollen. Ein älteres Ehepaar, das gut auf unser Haus aufpassen wird. Wir können unbesorgt sein. Und wenn die Zeit reif ist, ziehen wir wieder nach Hause ...

Feige sind wir nicht

Ein paar Wochen vor Weihnachten kam ein Brief, der an Lovisa und Miranda Malm adressiert war. Es kam nicht oft vor, daß Lovisa Post erhielt. Für Miranda plumpsten andauernd Briefe in den Briefkasten. Der Brief lag ungeöffnet auf dem Tisch, als Miranda aus der Schule kam.

„Du darfst ihn aufmachen“, sagte Lovisa.

„Von wem ist er?“

„Das steht drauf.“

In der linken unteren Ecke stand *Pfarramt*.

„Hat das was mit dem Aufgebot zu tun?“ fragte Miranda. „Aber dann wäre er ja nicht an uns beide adressiert.“

„Bestimmt nicht. Unglaublich, wie lange du brauchst, um diesen Umschlag zu öffnen! Begreifst du denn nicht, daß ich neugierig bin, nachdem ich den Brief den ganzen Tag hab angucken müssen. Und dann brauchst du eine Stunde, um ihn aufzumachen! Hier hast du ein Messer."

Miranda schlitzte den Brief ohne Eile auf. Sie ahnte fast, was darin stehen würde. Das Pfarramt mußte etwas mit dem Gemeindehaus zu tun haben. Bestimmt würden sie jetzt erfahren, daß ihr Bild keinen Preis gewonnen hatte.

Der Brief war kurz:

Liebe Wettbewerbsteilnehmer,
die Jurry hat die Entscheidung getroffen. Das Ergebnis wird am Samstag, den 3. Dezember, um 16 Uhr im Gemeindehaus bekanntgegeben. Bei dieser Gelegenheit gibt es auch Kaffee und Kuchen.
Herzlich willkommen!

Pfarrer Egon Jonsson

„Wie gräßlich", rief Miranda.

„Warum gräßlich?"

„Es wäre doch besser, wenn sie einem schriftlich mitteilen würden, wie es ausgegangen ist. Wenn man dann weinen will, ist man wenigstens allein."

„Da gibt's nichts zu weinen. Wir haben doch eigentlich gar keinen Preis erwartet."

„So, haben wir das nicht?"

„Ich auf jeden Fall nicht. Und du hast ja selbst gesagt, das Wichtigste sei gewesen, daß wir bei der Arbeit Spaß gehabt hätten."

„Du hast viel mehr gearbeitet. Deine Enttäuschung müßte noch größer sein."

„Wir sind auf jeden Fall nicht die einzigen, die enttäuscht sein werden. Stell dir vor, wie viele sich einen Preis erhofft haben, und dabei kann nur einer gewinnen. Wir nehmen uns vor, uns über den Teppich zu freuen, auch wenn er keinen Preis erhält. Wir wollten ihn doch übers Küchensofa hängen."

„Über welches Küchensofa? Wir ziehen ja nach Backelid, wollen wir ihn etwas über Ander's Küchensofa hängen?"

„Dort kommt er in den großen Saal. Und dann begleitet er uns nach Oberkirschberg zurück. Er soll uns daran erinnern, daß Oberkirschberg auf uns wartet."

„Dann ändern wir den Text", sagte Miranda. „Anstelle von *Laßt die Kinder zu mir kommen* steht da *Laß Lovisa und Miranda bald nach Oberkirschberg kommen*. Hoffentlich beeilt sich dieser Kristian und wird schnell erwachsen, damit er den Hof übernehmen kann!"

„Das kann schneller gehen, als du glaubst."

„Ich weiß nicht, was ich glaube. Jetzt gerade glaube ich, daß es schrecklich wird, ins Gemeindehaus zu gehen. Müssen wir hin?"

„Klar müssen wir das. Feige sind wir nicht ..."

Eines Tages gehört das Bild uns

An diesem Samstag nachmittag waren viele ins Gemeindehaus gekommen. Alle hatten durch hohen Schnee stapfen müssen, in der Nacht hatte es so stark geschneit, daß die Schneepflüge nicht nachgekommen waren. In der Garderobe wurde gestampft und abgeklopft.

Im Gemeindesaal herrschte beinahe Weihnachtsstimmung. Kerzen standen in den Fenstern, und der Duft nach Kaffee und Kuchen zog durch den Saal. Alle saßen so, daß sie dem Podium zugewandt waren.

Die meisten Wettbewerbsanträge waren an der Wand hinter dem Podium aufgestellt. Ein paar kleinere Bilder hingen seitlich an der Wand. Der Wandteppich lehnte neben einer Holzskulptur – einem Engel, der den Zuschauern die Arme entgegenstreckte. An der Wand hing auch das holzgeschnitzte Bild – die Jungfrau Maria mit dem Jesuskind auf dem Schoß. Hinter den beiden stand Josef und sah leicht mürrisch drein. Vor ihnen knieten die Hirten.

Lovisa und Miranda waren spät gekommen. Sie hatten Mühe gehabt, auf dem ungeräumten Weg voranzukommen. Erschöpft setzten sie sich ganz hinten im Saal hin.

„Ich will nach Hause“, sagte Miranda.

Lovisa lächelte ihr zu. „Wir sind nicht feige. Wir bleiben. Denk an den Kaffee und Kuchen ...“

In diesem Augenblick kam der Pfarrer herein. Er hatte schütteres, blondes Haar, durch das die rote Kopfhaut hindurchschimmerte. Hinter dicken Brillengläsern blickten hellblaue Augen ins Publikum. Er trat ans Rednerpult.

„Liebe Freunde“, sagte er. „Zu dieser Feierstunde im Advent heiße ich Sie herzlich willkommen. Es freut uns, daß sie trotz der schwierigen Wegverhältnisse so zahlreich erschienen sind. Ich bin sicher, daß wir schöne gemeinsame Stunden verbringen werden. Auf die Preisverleihung folgt eine kurze Andacht, wir singen ein paar Kirchenlieder, dann gibt es im Saal nebenan Kaffee.

Sie werden voller Spannung auf das Ergebnis des Wettbewerbs warten. Die Jury stand vor einer schwierigen Aufgabe. Die Beiträge waren überdurchschnittlich gut. Als Berater hatten wir den Künstler Torsten Asplöf. Die Werke sind sowohl vom künstlerischen als auch vom religiösen Standpunkt aus beurteilt worden. Das Werk soll dem Betrachter ja etwas geben, das über den Alltag hinausführt – es soll Hoffnung und Glauben vermitteln.

Wir haben uns dafür entschieden, das Ergebnis auf diese Weise mitzuteilen, um die Spannung bis zuletzt aufrechtzuerhalten. Ich beginne mit jenen Teilnehmern, die für ihr großes künstlerisches und religiöses Verständnis eine Anerkennung erhalten."

Miranda saß aufrecht und blaß da. Sie verstand genau, was damit gemeint war. Als erstes kamen die Letzten dran – jene, die keinen Preis erhielten. Sie wartete darauf, daß sie und Lovisa aufgerufen wurden.

Aber der Pfarrer rief lauter unbekannte Namen auf. Alle möglichen Leute trotteten nach vorn und nahmen ihre Auszeichnungen entgegen. Bald waren nur das geschnitzte Bild, die Skulptur und der Wandteppich übrig. Lovisa tastete nach Mirandas Hand und drückte sie.

„Bei diesen drei Werken begann für die Jury das große Dilemma", sagte der Pfarrer. „Schließlich einigten wir uns auf folgende Lösung: Das wirklich meisterhafte Kunstwerk aus Holz mit dem Titel *Die Heilige Nacht* von Karl-Erik Berg erhält den zweiten Preis. Es wird im kleinen Saal des Gemeindehauses aufgehängt. Den ersten Preis teilen sich die Werke *Lasset die Kinder zu mir kommen* und *Engel.* Die Preissumme von zehntausend Kronen geht also zu gleichen Teilen an Lovisa und Miranda Malm und an Börje Svensson. Alle drei Werke werden von der Gemeinde gekauft."

„Ich glaube, ich werde ohnmächtig", flüsterte Miranda, als sie und Lovisa aufs Podium zugingen.

Aber sie wurde nicht ohnmächtig. Nach der Preisverleihung sang sie sogar tüchtig mit und futterte eine Menge Kuchen.

„So glücklich war ich noch nie", sagte sie, als sie abends heimwärts stapften und noch mehr Schnee auf sie herabrieselte.

„Ich kann es nicht fassen", sagte Lovisa. „Und was mich am allermeisten freut, ist, daß wir beide etwas gemeinsam gemacht haben."

„Das müssen wir noch oft tun", sagte Miranda.

„Mit der Preissumme und dem Geld, das die Gemeinde für das Bild bezahlt, können wir den letzten Rest von Oberkirschberg abbezahlen. Oder möchtest du das Geld lieber für etwas anderes verwenden?"

„Nie im Leben. Oberkirschberg muß uns gehören – dir und mir. Dann kann es uns niemand wegnehmen."

„Niemand", sagte Lovisa. „Wenn es soweit ist, wird Anders mit uns herziehen. Aber der Hof gehört dir und mir – genau wie Backelid Anders' Sohn gehört. Das haben wir schriftlich."

„Ich werde nach Backelid ziehen", sagte Miranda. „Aber ich werde immer nach Oberkirschberg Heimweh haben."

„Ich auch ... Doch das macht nichts, wenn man weiß, daß man nicht vergeblich wartet. Oberkirschberg wird dann wie ein schönes Gemälde für uns sein, das wir anschauen und an dem wir uns erfreuen können, weil wir wissen, daß es eines Tages uns gehören wird ..."

Ein Brief von Großmutter

Drei Tage vor Weihnachten lag ein Brief von Großmutter im Briefkasten. Miranda war allein zu Hause. Lovisa war mit dem Tretschlitten zum Einkaufen in die Stadt gefahren. Es war ein herrlicher Wintertag. Der Schnee funkelte in der Sonne. Aber der Umschlag im Briefkasten löste ein beklemmendes Gefühl in Miranda aus. Es war schon vorgekommen, daß die Briefe, die Miranda erhalten hatte, etwas Trauriges mitteilten, etwas, das ihr Leben verändern sollte. Warum schrieb Großmutter jetzt?

Erst vor ein paar Tagen hatte sie einen Brief von Großvater bekommen, in dem er sie einlud, nach Weihnachten zu einem Besuch nach Stockholm zu kommen. Deshalb würden sie jetzt keine Weihnachtsgeschenke schicken.

Was wollte Großmutter wohl? War Großvater etwas zugestoßen? Nachdenklich ging Miranda ins Haus und blieb eine Zeitlang mit dem Brief in der Hand stehen, bevor sie ihn öffnete. Großmutters Handschrift war dünn und aufrecht, genau wie Großmutter selbst. Das Briefpapier verströmte einen schwachen Parfümduft. Dann las sie:

Liebe Miranda,

Obwohl Großvater Dir bereits einen Weihnachtsgruß von uns beiden geschickt hat, möchte ich doch ein paar Zeilen schreiben. Wir freuen uns darauf, daß du zu uns kommst, nachdem Du in Oberkirschberg mit Deiner Mutter Weihnachten gefeiert hast. Wir warten mit unserer Weihnachtsfeier, bis du kommst, und das wird dann ein wundervolles Fest für Großvater und mich werden. Und hoffentlich auch für Dich.

Jetzt komme ich zu meinem eigentlichen Anliegen – etwas, das Du Dir sorgfältig überlegen solltest. Bitte, liebe Miranda, komm doch zu uns – nicht für immer, aber wenigstens für ein paar Monate. Ich weiß, daß Du Deine Mutter nicht verlassen willst, aber Ihr könnt noch eine lange Zeit zusammen verbringen, und Großvater und ich haben nicht mehr allzu viele Jahre vor uns. Du mußt wissen, daß Großvater nicht so stark ist, wie er tut. Sein Herz macht ihm ziemlich oft zu schaffen, und ich mache mir Sorgen um ihn. Es wäre eine wundervolle Medizin für ihn, wenn er sein Enkelkind eine Zeitlang bei sich haben dürfte.

Noch etwas kann Dich vielleicht beeinflussen. Deine Mutter wird ja nach Weihnachten heiraten. Das bedeutet eine große Veränderung in Eurem Leben. Vielleicht wäre da eine Trennung für Euch beide gut. Lovisa könnte sich in Ruhe an ihre neue Umgebung gewöhnen. Und Du bekämst einen gewissen Abstand zu Deinem geliebten Oberkirschberg. Vielleicht wird der Umzug dann etwas weniger schmerzhaft für Dich sein.

Es gibt noch andere Dinge, die Dich locken könnten. Wir würden dafür sorgen, daß du eine sehr gute Privatschule ganz in unserer Nähe besuchen kannst.

Diese Schule legt großen Wert auf individuellen Unterricht und berücksichtigt die Begabung der einzelnen Schüler. Vor allem künstlerisches Talent wird stark gefördert. In Malen und Zeichnen würdest Du einen guten Unterricht erhalten. Wir möchten, daß Du so früh wie möglich eine solide Grundausbildung bekommst, die Deiner künstlerischen Begabung entspricht. Das, was wir bei Deinem Vater versäumt haben, möchten wir bei Dir mit ganzen Kräften unterstützen.

Liebe Miranda, ich weiß, daß dieser Brief es Dir schwer machen wird. Wir wollen Dich nicht zwingen, eine Wahl zu treffen, zumal ich weiß, wie sehr Du Deine Mutter liebst. Sprich mit ihr und überlegt gemeinsam, was für Euch beide am besten wäre – vor allem für Dich. Laß bald von Dir hören.

Deine Großmutter, die voller Hoffnung auf Antwort wartet.

Als Miranda Großmutters Brief zum dritten Mal gelesen hatte, kam Lovisa herein – mit rosigen Wangen nach dem Ausflug mit dem Tretschlitten in der Kälte.

„Was für ein herrliches Wetter", sagte sie. „Willst du nicht ein bißchen Ski fahren?"

„Weiß nicht ... Wir haben noch einiges zu erledigen. Wollten wir nicht noch Würzbrot backen?"

„Das reicht heute nachmittag noch. Hast du Post gekriegt?"

12 4784-12

„Von Großmutter. Sie will, daß ich zu ihnen komme."

„Das ist doch schon ausgemacht. Hab heute deine Fahrkarte besorgt."

„Sie will, daß ich bleibe."

Lovisa setzte sich. „Für immer? Das kann doch nicht ihr Ernst sein?"

„Nur für eine Weile. Für ein paar Monate. Lies ..."

Lovisa nahm den Brief und las. Dann sah sie Miranda an. „Willst du das etwa machen? Mich verlassen?"

„Ich muß ja sowieso von Oberkirschberg wegziehen. Auf Backelid freue ich mich nicht."

„Willst du von *mir* wegziehen? Wir gehören doch zusammen!"

„Das tun wir auch so. Ein paar Monate gehen schnell vorbei. Und wenn Großvater nicht gesund ist ..."

Lovisa saß lange schweigend da. Dann seufzte sie. „Das mußt du entscheiden. Du mußt tun, was du für richtig hältst. Wäre es anders gewesen, wenn alles so geblieben wäre wie früher ... wenn wir nicht von Oberkirschberg wegziehen würden?"

„Glaub ich nicht. Ich würde schon gern in eine Schule gehen, wo man malen darf. Und du hast jetzt ja Anders. Bestimmt ist es so am besten."

Lovisa stand auf und ging an den Herd. „Dann fangen wir jetzt mit dem Backen an", sagte sie. „Während der Teig aufgeht, kannst du noch ein wenig Ski fahren."

„Und dann denke ich nochmal über alles nach", sagte

Miranda. „Wir brauchen es ja nicht unbedingt heute zu entscheiden."

Gute Nacht, Mama

Es war am Weihnachtsabend. Miranda hatte das Licht noch nicht ausgemacht, obwohl es bald Mitternacht war. Sie lag im Bett und ließ den Blick durch ihr Zimmer wandern. Jede noch so kleine Einzelheit mußte sie sich einprägen. Morgen würde sie zu den Großeltern reisen, und wenn sie zurückkehrte, würde es nach Backelid sein. Inzwischen war es entschieden. Bis zu den Sommerferien würde sie in Stockholm die Schule besuchen. Vielleicht würde sie in den Osterferien kurz nach Hause kommen.

Aber „zu Hause" wäre dann nicht Oberkirschberg. Es würde viele Jahre dauern, bis sie wieder in ihr richtiges Zuhause zurückkehren konnte. Sie fing an zu schluchzen. Wenn sie das nächste Mal wieder nach Oberkirschberg käme, würde sie vielleicht erwachsen sein.

Aber ein schönes Zimmer würde sie in Backelid bekommen, das hatte Lovisa versprochen. Beinahe wie das hier, mit ihren eigenen Möbeln eingerichtet.

Sie war froh, daß sie nicht bei Lovisas Hochzeit anwesend sein mußte. Zu dieser Hochzeit waren keine Gäste eingeladen. Lovisa und Anders würden im Pfarrhaus getraut werden. Eine große Hochzeit sei nur etwas für junge Leute, hatte Lovisa gesagt. Wenn ältere heirateten, sollten sie das eher im stillen machen. Das gehe nur die Brautleute etwas an. Allerdings fand Miranda, daß es auch ihre Kinder ziemlich viel anging.

Miranda war froh, daß sie auch beim Umzug nicht dabeisein würde. Dieses Jahr war Weihnachten nicht so wie sonst in Oberkirschberg gewesen. Natürlich hatte Lovisa gekocht und gebacken und alles festlich geschmückt, aber irgendwie lag Unruhe in der Luft. Nach Weihnachten würde alles anders werden. Nichts war mehr ganz sicher.

Wie es mit Mama und Albert weitergehen würde, konnte man auch nicht wissen. Richtig glücklich waren sie nicht. Mama fand keine Ruhe. Sie sah zum Fenster hinaus und seufzte, weil sie keine Aussicht hatte, und redete schon wieder vom „freien Leben".

Als ob irgendein Mensch richtig frei wäre ... Als Kind hatte man die Schule. Dann kam die Arbeit, und vielleicht heiratete man. Wann war man schon frei? Mama konnte ihr Kind doch nicht schon wieder im Stich lassen. Aber bei Mama wußte man nie, woran man war. Vielleicht würde Lovisa Eva-Lisa für immer zu sich nehmen müssen. Dann wäre Backelid voller Kinder – Kristian, Eva-Lisa und Miranda. Das wäre Lovisa nur recht. Sie wollte nicht frei sein. Vielleicht bekäme sie auch noch eigene Kinder, obwohl sie behauptete, dazu sei sie zu alt. Mama hatte schließlich auch Eva-Lisa gekriegt, obwohl sie nicht mehr jung war.

Es würde auch so schon anstrengend genug für

Lovisa sein. Es war nicht gesagt, daß die Stallmagd bleiben würde, wenn eine Frau auf den Hof käme. Miranda wollte jedenfalls keine Kühe melken. Harry und sie würden nie Bauern werden – auch nicht auf Oberkirschberg, obwohl Harry nie aufhörte, darauf Anspielungen zu machen. Nicht einmal heute an Heiligabend. Obwohl das Haus voller Leute war, hatte er dafür gesorgt, daß er Miranda ein Weilchen für sich hatte.

„Es paßt mir gar nicht, daß du nach Stockholm ziehst", sagte er.

„Ich bleibe doch bloß ein paar Monate weg", sagte Miranda. „Übrigens bist du selbst weggezogen."

„Das habe ich nur deinetwegen getan. Ich muß doch das Abitur machen, um etwas werden zu können. Sei froh, daß du einen Mann kriegst, der einen ordentlichen Beruf hat, wenn du schon keine Bäuerin werden willst. Ich muß uns doch versorgen können."

„Du brauchst mich nicht zu versorgen. Das tu ich selbst."

„Dann arbeiten wir eben beide. Das tun viele. Versprich mir, daß du dich in Stockholm nicht nach anderen umguckst."

„Ich versprech gar nichts und guck mich soviel um, wie ich will."

„Du machst mich traurig", sagte Harry. „Jetzt werde ich keine ruhige Minute haben. Wie soll ich da die Schule schaffen?"

„Du schaffst alles. Vergiß nicht, daß du einen ordentlichen Beruf willst."

„Ich freu mich auf den Sommer."

„Das tu ich auch. Aber ein paar Monate vergehen schnell, vor allem, wenn man Schönes erlebt."

„Allzu schön darf es auch nicht sein", meinte Harry. „Du mußt schließlich pauken."

Aber daß sie bei den Großeltern viel Schönes erleben würde, davon war sie überzeugt. Die Zwillinge wohnten ebenfalls in Stockholm. Und Sigvard auch. Alle hatten sie ihr zu Weihnachten geschrieben. Sie mußte lächeln, als sie daran dachte.

„Woran denkst du?" wollte Harry wissen. „Es ist, als würdest du gar nicht merken, daß ich hier sitze und mit dir rede."

„Dich muß man bemerken, ob man will oder nicht."

„Gut", sagte Harry.

Und dann küßte er sie ausgerechnet in dem Augenblick, als Lovisa in die Küche schaute.

„Was treibt ihr denn da?" fragte sie.

„Wir verabschieden uns", sagte Harry.

„Das ist noch etwas verfrüht. Kommt vorher noch rein und nehmt euch von den Weihnachtsleckereien. Wir warten auf euch."

Miranda und Harry gingen in den großen Saal. Dort waren alle versammelt. Lovisa hatte alle noch einmal bei sich sehen wollen, bevor sie Oberkirschberg verließ. Albert und Mama saßen mit Eva-Lisa auf dem kleinen

Sofa. In einer Ecke saßen Otto und Edla auf zwei Holzstühlen. Otto hatte den Arm um Edla gelegt. Daß sie vor kurzem noch mit einem der Klempnerjungen herumgezogen war, schienen sie beide vergessen zu haben. Auf dem großen Sofa saßen Anders und Kristian. Sie sahen feierlich und ernst aus. Während des ganzen Abends hatten sie kein einziges Mal den Mund verzogen. Es würde bestimmt nicht allzuleicht sein, mit ihnen in Backelid zusammenzuleben.

Aber wenn Lovisa erst dort wäre, würde sich die Stimmung bestimmt aufhellen. Warmherzig und strahlend schaute Lovisa sich um. Harrys Eltern waren aufgestanden, sie wollten nach Hause und ihr eigenes Weihnachten feiern. Auch sie sahen froh aus, vielleicht, weil alles mit Oberkirschberg jetzt geregelt war. Lovisa hatte ihre Geschwister ausbezahlt. Sie brauchten sich keine Sorgen mehr um den Hof zu machen.

Und jetzt war der letzte Heiligabend auf Oberkirschberg zu Ende. Miranda gähnte. Sie war müde. Morgen mußte sie früh aus den Federn. Sie streckte die Hand aus, um das Licht auszuschalten. Da tauchte Lovisa in der Tür auf.

„Hab im Türspalt gesehen, daß du noch Licht hast“, sagte sie. „Und da glaubte ich, du wärst bei Licht eingeschlafen.“

„Ich hab mich von meinem Zimmer verabschiedet. Ich will mich daran erinnern, wie alles aussieht. Ich werde danach Heimweh haben.“

„Ich werde auch Heimweh haben", sagte Lovisa. „Am allermeisten wirst du mir fehlen, mein liebstes Kind. Aber wenn man weiß, daß man das wiedersehen wird, wonach man sich sehnt, kann man es aushalten. Wir werden schon damit fertigwerden, nicht wahr?"

„Wir werden damit fertig ..."

„Und jetzt mußt du schlafen, damit du morgen rechtzeitig aus den Federn kommst."

Lovisa beugte sich über Miranda und strich ihr die Decke glatt. Und dann tat sie etwas Ungewöhnliches. Sie küßte Miranda auf die Stirn. „Wir gehören zusammen", sagte sie. „Niemand darf dich mir wegnehmen. Nicht einmal deine Großmutter."

„Ich komme zu dir zurück ..., bald", sagte Miranda. „Gute Nacht, Mama."

KERSTIN SUNDH

MIRANDA

Das Geheimnis der Perlenkette

Band 1

Miranda weiß nicht so recht, wo sie hingehört. Die Mutter hat keine Zeit für sie, der Bruder macht sich nichts aus ihr.

Eines Tages tut Miranda etwas, ohne es wirklich zu wollen: Sie nimmt eine wertvolle Perlenkette an sich. Und damit beginnt für sie ein unruhiges Versteckspiel, wo sie doch eigentlich Liebe und Geborgenheit sucht.

SCHNEIDER BUCH

„Das Trio mit Pfiff"
Serie von Peter Kuntze

HABE ICH		WÜNSCHE ICH MIR
	Das Trio mit Pfiff (Band 1) Darling findet ein Zuhause	
	Das Trio mit Pfiff (Band 2) Romeo und Julia	
	Das Trio mit Pfiff (Band 3) Drei Mädchen machen Schlagzeilen	
	Das Trio mit Pfiff (Band 4) Strandkorb-Geflüster	
	Das Trio mit Pfiff (Band 5) Im Zelt auf dem Hubertushof	
	Das Trio mit Pfiff (Band 6) Alle suchen Thommy	

„Circus Roncalli“
Serie von Herbert Friedmann:

HABE ICH		WÜNSCHE ICH MIR
	Circus Roncalli (Band 1) Der Regenbogen hat sieben Farben	
	Circus Roncalli (Band 2) Seifenblasen platzen lautlos	
	Circus Roncalli (Band 3) Jeder Fuchs braucht seinen Pelz	
	Circus Roncalli (Band 4) Ein Salto für den Seiltänzer	